Hans-Joachim und Ruth Heil
Teils sonnig, teils bewölkt

Hans Joachim und Ruth Heil

Teils sonnig, teils bewölkt

Heiteres und Besinnliches aus dem Familienalltag

Editions Trobisch

ISBN 3-87827-015-1

Postfach 2048
7640 Kehl/Rhein

Umschlag: Holler Design
Illustrationen: Christine Ambos
Satz: Typo Schröder
Druck: St.-Johannis-Druckerei, Lahr
26147/1990

INHALT:

Vorwort

Als wir uns darum bemühten, Geschichten von Ehepaaren zu erfragen, erhielten wir traurige Auskünfte. Viele hatten keine Ahnung, was sie berichten sollten. Und als ich dies einer lieben Bekannten klagte, meinte sie: „In der Ehe gibt es eben nichts mehr zu lachen!“
Ich meine aber, daß viele Ehepaare einfach vergessen, was frohmachend war, und sich dabei aufhalten, was einen am Partner stört.

Vielleicht finden Sie sich nun in der einen oder anderen Begebenheit wieder.
Der Sinn dieses Buches wäre erreicht, wenn Sie es mit Ihrem Ehepartner zusammen lesen würden. Keine Mühe wäre uns zuviel gewesen, wüßten wir, daß es für Sie beide der Anlaß war, wieder einmal herzhaft miteinander zu lachen.

Dieses Buch ist eine Sammlung verschiedenster Erlebnisse aus dem Ehe- und Familienalltag. Viele Menschen ließen uns in ihren Ehealltag „hineinschauen“, und auch wir lieferten manches Mißgeschick, das uns in den 23 Jahren unserer Ehe passierte. Vieles ist lustig dargestellt. Und wir können nur sagen: „Wohl dem, der heute über seine eigenen Torheiten lachen kann! Noch besser aber ist es, wenn wir zusätzlich daraus lernen“.
Vielleicht kann Ihnen durch das Lesen dieses Buches mancher Schmerz erspart bleiben, weil Sie dann mehr wissen als wir damals.
Jede dieser Geschichten kann auf irgendeine Weise einen Lernprozeß auslösen – vorausgesetzt, Sie sind dazu bereit. Deshalb wäre es gut, wenn Sie jedesmal eine Pause einlegen, bevor Sie ein weiteres Kapitel lesen.

Stellen Sie sich die Fragen: Kam bei uns schon Ähnliches vor? Wenn ja, wie sah unsere Lösung aus? Wie könnte ich heute das Problem besser anpacken?

Die erste Geschichte, die wir niederschrieben, ist ein Märchen. Ein trauriges Märchen, das sich Tag für Tag in unserem Land ereignet. Vielleicht auch in Ihrer Ehe.

Wir wünschen Ihnen von ganzem Herzen, daß es in Ihrer Ehe nicht so bleibt, sondern daß sie erneuert und lebendig wird. Deshalb möchten wir Ihnen Mut machen: Treten Sie aus dem Alltag heraus! Bringen Sie etwas in Bewegung! Denn der größte Feind der Ehe und der Familie ist die Gleichgültigkeit.

Und vor allem, trauen Sie Gott zu, daß er einen Weg weiß, auch wenn Sie selbst nicht mehr weiterwissen.

Wir danken allen, die durch ihre „Zutaten“ dieses Buch bereicherten!

Hans-Joachim und Ruth Heil

ein Mann. Der küßte seine liebe Freundin voller Glück, sooft er sie sah. Dann kam der Tag, an dem sie heirateten. Aber so eigenartig es klingt, fast genau von dem Tage an vergaß er, sie in den Arm zu nehmen. Zwar drückte er sie sehr fest des Abends an sich, wenn sie miteinander im Bett lagen, aber während des Tages schien sie für ihn zur Wohnungseinrichtung zu gehören.
„Das genügt mir nicht", sagte die Frau eines Tages laut vor sich hin, als der Mann zur Arbeit gegangen war und ihr nur einen flüchtigen Kuß zum Abschied gegeben hatte. „Wenn er mich tagsüber nicht in den Arm nimmt, so braucht er es auch abends nicht zu tun!"
Sie zog in das Zimmer um, das sie schon für ihr zukünftiges Kind eingerichtet hatten. Der Mann wunderte sich: „Was ist jetzt nur wieder los?"
Da er ihr nun auch im Bett nicht mehr näher begegnen durfte, küßte er sie noch weniger als zuvor.
Und weil er sie nun noch seltener küßte, wollte sie ihm gar nicht mehr begegnen. So lebten sie unglücklich und unzufrieden bis an ihr unseliges Ende.
Und wenn sie nicht gestorben sind, dann leben sie heute noch!

Wer will, lese dazu im Lukasevangelium Kapitel 6, Vers 37. Dies kann der Schlüssel zu einem Neuanfang sein. Es ist der Entschluß: Ich höre auf, etwas vom anderen zu erwarten, und fange an zu geben – unabhängig davon, was mein Ehepartner tut.

Die Überraschung

Er ist ein Hüne von einem Mann. Oh, ich liebe ihn und schaue an ihm auf, an diesem fast zwei Meter großen Menschen.
Viele beneiden mich um ihn – zu Recht! Er ist auch mein großes Vorbild, und ich will noch viel von ihm lernen. Geistlich beeindruckt er mich durch seinen Durchblick und seine Geradheit, seinen Weg mit Jesus zu gehen. Aber, wie das eben bei allen Menschen ist: Er hat auch Fehler. Einen davon will ich Ihnen verraten.
Weihnachten stand wieder vor der Tür. So sehr ich mich über die Geburt unseres Herrn Jesus freute, so sehr sah ich mit einer gewissen Angst dem Heiligen Abend entgegen. Johannes und ich saßen uns nämlich immer gegenüber, um die Geschenke auszutauschen, die wir füreinander ausgedacht hatten.

Dann fing in meinem Herzen das große Rätselraten an: Was hat sich Johannes wohl wieder an Unmöglichem für mich ausgedacht? Ich bereitete mich im Inneren darauf vor, nun freundlich lächeln zu müssen, Entzücken äußernd ihm um den Hals zu fallen und ihm Dankesworte zuzuflüstern. Wie ich das haßte! Es lag mir nicht, schöne Worte um nichts zu machen und auf hinterhältige Weise einem anderen die eigene Meinung vorzuenthalten.

Aber Weihnachten ist nun eben das Fest der Liebe, und da muß auf den Rücksicht genommen werden, der auch mit Liebe das Geschenk für einen aussuchte, und nicht so sehr auf denjenigen, der über das Geschenk enttäuscht ist.
Weihnachten hatte mir viele Schwierigkeiten bereitet, und so versuchte ich im Lauf des Jahres, meinem lieben Johannes zu vermitteln, daß ich mir so manches wünschte und es wohl sinnvoll und schön wäre, daß wenigstens einer

dieser Wünsche an Weihnachten erfüllt würde. Ich schlug ihm also vor, mein Geschenk selbst aussuchen zu dürfen. Johannes war zunächst fast erleichtert. Offensichtlich hatte ihn dieses Geschäft des Suchens immer sehr angestrengt und belastet.

Aber dieser Weihnachtsabend mit seinem Geschenkeaustausch war wieder ein „glatter Reinfall". Denn ich wußte ja schon, was in meinem Paket enthalten war. Vielleicht reagierte ich dieses Mal auch nicht so überschwenglich, weil ich nicht schon vorher meine ganze Kraft zusammengenommen hatte, um ein Dankeschön zu formulieren.

Mir wurde dann bewußt, daß ich einen wichtigen Bibelvers überlesen hatte, den uns der Apostel Paulus in unserem Verhältnis zu Gott empfiehlt: „Sagt Dank Gott allezeit für alles!" (Epheser 5,20).
Dies meinte also meine Herzenseinstellung. Und ich hatte den Eindruck, als müßte ich diese Einstellung meinem Mann gegenüber wieder lernen. Es ging nicht um meinen Wunsch, das Richtige geschenkt zu bekommen, sondern um das Zeigen seiner Liebe mir gegenüber, die ich lernen mußte, von ganzem Herzen anzunehmen. Ich mußte endlich begreifen, daß Liebe nicht heißt zu empfangen, was ich mir wünsche, sondern mich über das zu freuen, was ich empfange.

Im Gebet vertraute ich Gott mein Problem an. Ich bat ihn darum, mir Kraft zu geben, um mich in Zukunft aus reinem Herzen über Johannes Geschenk freuen zu können.
Das nächste Weihnachtsfest kam. Wir waren zu der alten Regelung, daß jeder dem anderen schenken dürfe, womit er ihn beglücken wollte, übergegangen. Johannes wußte nicht, was inzwischen in meinem Herzen vorgegangen war.
Und ich packte mein Geschenk aus – mit zitterndem Herzen. Denn nun kam es darauf an!

Als ich das Geschenkpapier entfernt hatte, merkte ich, daß es eine Schuhschachtel war. Hausschuhe! Auf der Seite waren sie abgebildet. Ich konnte nur hoffen, daß diese nicht in der Schachtel waren! Und doch, genauso war es! Ich schluckte und holte tief Luft. Diese Sorte hatte immer meine Großmutter getragen, wenn sie bei uns zu Besuch war. Einfach schrecklich! Und dann noch der kleine Absatz hinten sowie das Filzmaterial, das ich nicht leiden konnte! Die schwarzbraune Farbe gab dem ganzen noch den Rest.
Es war einfach unfaßbar, was Johannes ausgesucht hatte. Ob er sich dabei hatte beraten lassen? So etwas fand ich ja nicht einmal mit langem Suchen in einem Laden! Und in welches Geschäft war er gegangen, um solche Ladenhüter zu finden? Sonderangebot wegen Geschäftsaufgabe vielleicht? Sicher hatte er sie zu einem Sonderpreis erworben. Ja, so mußte es wohl gewesen sein. So war das also. Soviel war ich ihm wert!

Während diese Gedanken durch meinen Kopf rasten, forderte Johannes mich liebevoll auf, die Hausschuhe anzuprobieren. Ich war nicht gerade fasziniert, diese Dinger nun auch noch anziehen zu müssen. Aber immerhin konnte ich mir in der Zwischenzeit überlegen, wie ich mich geschickt aus dieser Situation retten konnte, ohne ihn dabei anzulügen.
In meinem Herzen schämte ich mich über mein Anspruchsdenken. Hatte nicht der Herr Jesus mich mit allem Guten beschenkt, das ein Mensch haben konnte? Er hatte mir ja schließlich diesen Mann zugedacht. Und Johannes war genau der Richtige für mich. Jesus hatte mir dieses Leben geschenkt, und nicht zuletzt war er es, der mir soviel Glück schenkte. Mein Herz wurde von einer großen Dankbarkeit erfüllt, während ich die so verschmähten Hausschuhe anzog. Sie gaben sogar schön warm, stellte ich fest, als einer an meinem Fuß saß.
Nun schlüpfte ich in den zweiten. Aber da drückte etwas. Ich zog ihn also wieder aus, um das darin steckende Papier

zu entfernen. Aber halt, das war wie ein Geschenk eingewickelt! Vorsichtig löste ich das Papier. Das war doch... Nein, das war doch einfach nicht möglich!

Ich schaute zu Johannes hinüber. Er lächelte vergnügt, war aber etwas über mein ungläubiges Gesicht verlegen.
„Für mich?“ fragte ich. „Für mich ganz allein?“ – „Für wen sonst?“ sagte er. „Du bist für mich die Allerbeste.“
Es war ein Diamantring. Und zwar ein ganz besonderer. Im Rahmen einer Ausstellung war er mir aufgefallen. Ich muß ihn wohl mit soviel Hingabe angeschaut haben, daß es Johannes nicht verborgen geblieben war. Monatelang war er nun am Suchen gewesen, um mir genau diesen Ring zu erwerben. Abgesehen von dem „Vermögen“, das er gekostet hatte, hatte Johannes sehr viel Zeit für diesen meinen Wunsch aufgebracht. Ich war tief beschämt.

Dieses Weihnachtsfest werde ich nie wieder vergessen. Und ich hoffe, daß ich die Lektion, die Gott mich dabei lehrte, im Herzen behalten werde.

Ich verbiete dir, meine Braut zu beschimpfen!

Wegen meines Aussehens hatte ich immer befürchtet, vielleicht nur einen Mann „zweiter Wahl" zu bekommen. Und ich freute mich doch so bei dem Gedanken, einmal zu heiraten. Ich hatte mir aber fest vorgenommen, nur zu heiraten, wenn ich davon überzeugt wäre, daß es absolut der Richtige sei. „Lieber ledig bleiben", dachte ich, „als sich mit dem Falschen sein Leben lang herumplagen zu müssen." Gott suchte mir in seiner Liebe solch ein prächtiges Exemplar von Mann aus, daß ich nur voller Dankbarkeit heute noch staunen kann, daß er das für mich getan hat.

Noch waren wir nicht verheiratet. Doch die Vorbereitungen zum Hochzeitsfest waren in vollem Gange. Dazu gehörte, daß wir die Wohnung, in die wir ziehen wollten, total renovieren mußten. Es war eine echte Schinderei. Dazu war es Sommer und unheimlich heiß.
Während wir beide uns mit dem Tapezieren abmühten, floß der Schweiß in Strömen. Die Bluse klebte an mir, der Tapetenkleister triefte mir von den Händen, und die nassen Haarsträhnen hingen mir vor dem Gesicht. Ich fühlte mich schrecklich. Schließlich ging ich ins Bad, um mich ein wenig abzuwaschen.

Eines der Dinge, die es in der Wohnung schon gab, war ein schöner, großer Spiegel im Bad. Als ich mich darin entdeckte, war ich total aus der Fassung. Da ich mich mit meiner Figur ohnehin nicht annehmen konnte, erschien mir nun mein Ebenbild im Spiegel wie ein riesiger, ungepflegter Koloß. Ich war so wütend und entsetzt über mich selbst, daß ich Grimassen schnitt und mir die Zunge herausstreckte. Aber nicht genug damit. Ich fing auch an, mich zu beschimpfen und mich über mein Aussehen aufzuregen.

So stark beschäftigt mit mir selbst, hatte ich nicht bemerkt, daß mein Verlobter ins Bad gekommen war. Er hatte meinen ganzen Unmut mit verfolgt. Als ich dann auch noch anfing, mich zu beschimpfen, konnte er es nicht mehr mit anhören. Er packte von hinten meine um mich fuchtelnden Hände, sah mit Ernst und Entschlossenheit mit mir in den Spiegel und sagte mit großer Bestimmtheit: „Was auch immer für Rechte du an dieser Frau zu haben meinst, ich verbiete dir hiermit, weiter meine Braut, die ich so sehr liebhabe, zu beschimpfen!"
Ich war sprachlos. Es war, als würde Gott selbst mit mir reden, als wollte er mir sagen: „Du bist nicht wertvoll, weil du schön bist, sondern du bist so viel wert, weil ich dich liebhabe. Ich habe dich geschaffen, um mein Gegenüber zu sein. Ich habe dich in deiner Mutter Leib bereitet, weil ich meinte, daß es wichtig ist, daß du lebst. Strahle du die Liebe aus, die ich in dich gelegt habe, und höre auf, das Äußere so wichtig zu nehmen!"
Diese heilsame Lektion lehrte mich, auch andere Menschen mit den Augen Gottes zu sehen.

Wir lassen uns von Schönheit so blenden und vergessen, daß innere Schönheit den Menschen auch nach außen hin bleibend prägt, unabhängig von Runzeln und Falten.
Ich habe diese unendliche Liebe Gottes durch die Liebe, die mir mein Mann entgegenbringt, begriffen. Ich durfte Liebe begreifen, weil ich jemanden hatte, der mir „zum anfaßbaren Christus" wurde. In dieser Weise verstehe ich nun auch die Ordnung Gottes, in der wir als Frauen stehen. Unser Mann darf uns Wegweiser auf Christus hin werden.
Haben Sie auch schon entsetzt vor dem Spiegel gestanden? Dann will ich Ihnen jetzt sagen: Schauen Sie hinein in dem Bewußtsein: Gott hat mich unendlich lieb!

Zum Anbeißen

Wir hielten ein Eheseminar. Am Morgen hatten wir als Männer und Frauen getrennt beieinandergesessen, um uns miteinander auszutauschen und gegenseitig zu erfahren, wie der eine oder andere eine ähnliche Situation gemeistert hatte. Dabei fragte eine der Frauen, wie die anderen sich in folgender Situation verhalten würden: „Mein Mann kommt oft mürrisch von der Arbeit nach Hause. Dann zieht er sich zurück und will meist von den Kindern und mir nur wenig wissen“.

„Wie man in den Wald hineinruft, so schallt es auch heraus“, belehrte sie daraufhin eine andere Frau, „Sie müssen ihn einfach ganz freundlich begrüßen, dann kann er nicht ohne weiteres seine Laune pflegen“. „Vielleicht sollte man sich ein wenig schick machen, damit er einen nicht sooft nur im Alltagsdreß sieht“, meinte eine andere, „gerade, wenn er im Büro nur gutgekleidete Frauen um sich hat.“ „Ganz schön anstrengend, wenn man einen langen Tag mit Kindergeschrei, Kochen und Einkauf hinter sich hat“, äußerte wieder eine andere. „Eine Scheidung ist jedenfalls noch viel kräfteraubender“, warf eine der Frauen ein, die diese bittere Erfahrung hinter sich hatte.

Am Nachmittag hatten die Paare Zeit, um sich gegenseitig für den Abend ein Geschenk zu suchen. Es durfte unter keinen Umständen gekauft sein. Wald und Feld waren erlaubt, um etwas zu entdecken. Es konnte auch ein Gedicht oder ähnliches sein.

Das morgendliche Gespräch nahm diese Frau zum Anlaß, um am Abend ihrem Mann einen Apfel zu schenken. Von seiner Schale hatte sie Teile herausgeschnitzt, um Augen und einen lachenden Mund darzustellen. Als Erklärung gab sie ihm dazu: „Wenn du in Zukunft nach Hause kommst, will ich dich immer mit einem fröhlichen Gesicht empfangen. Dann kannst du gar nicht anders, als mich zum Anbeißen zu finden.“

Wozu haben wir eigentlich Haare?

Ich hatte Rahel ihre Gutenachtgeschichte gelesen. „Weißt du eigentlich, wozu Haare da sind?" fragte sie mich. „Vielleicht, damit man besser aussieht", mutmaßte ich. „Oder auch, damit man im Winter nicht friert", war meine zweite Vermutung. „Alles falsch", lachte sie laut hinaus, „du weißt aber auch gar nichts! Ich erkläre es dir jetzt ganz genau". Sie kam mit ihrem kleinen Mund ganz nah an mein Ohr und flüsterte hinein: „Wenn du ganz still hältst", zeige ich es dir." Sie nahm meine große Hand und führte sie zu ihrem kleinen Kopf, geradewegs auf ihre Haare. Dann bewegte sie meine Hand darauf auf und ab. „Siehst du, es ist ganz einfach", meinte sie dann, „Haare sind zum Streicheln da." Diese Weisheit meiner kleinen Tochter bewegte mich dazu, öfters über ihr Haar zu streicheln. Und auch mein Mann wurde in diese Neuentdeckung mit einbezogen. Denn, sind Haare zum Streicheln da, muß man sie schließlich auch streicheln!

PS: Wann haben Sie eigentlich das letzte Mal Ihrem Ehepartner übers Haar gestreichelt?

Spaziergang bei Mondschein

Wir waren drei Jahre verheiratet und wußten bereits eine ganze Menge voneinander. Ich wußte z.B., daß mir mein einst als still eingestuftes, bewundernswertes Gegenüber schon allerhand zu schaffen gemacht hatte. Und umgekehrt konnte ich nur erahnen, wie ihm mein Temperament inzwischen auf die Nerven gegangen sein mußte. Wie auch immer, endlich hatten wir uns aufgerafft, wieder einmal Urlaub zu machen. Zwar nur für ein paar Tage und nicht sehr weit weg, aber immerhin, weg von allem, was nach Arbeit aussah.

Das kleine Ferienhaus stand am Rande eines wunderschönen Waldes, der zum Spazierengehen so richtig einlud. Die Temperaturen waren mild, unsere beiden Kinder lagen in den besten Träumen, und am Himmel stand klar und hell ein leuchtender Vollmond.
Wir beschlossen also, noch ein wenig den Waldweg entlangzuschlendern, um diese herrliche Stimmung zu genießen.

Mein Mann hatte den Arm um mich gelegt, und in mir erwachten liebevolle Gefühle für ihn. Ja, so war das Leben auszuhalten! Ich erinnerte mich an unsere Verlobungszeit, in der wir noch viel öfter solche Erlebnisse innerer Harmonie genossen hatten. Inzwischen aber hatten die täglichen Pflichten ihre langen Krakenarme nach uns ausgestreckt. Mein Mann stürzte sich voll in den Beruf, und ich war die gestreßte Mutter zweier Kleinkinder, die noch beide in die Hosen machten und von denen keines laufen konnte. Wie hatte uns die Zeit verändert! So hing jeder seinen Gedanken nach, während wir schweigend nebeneinanderher gingen.
Aber nun waren ja Ferien! Und da wollte ich den Alltag ausklammern. Ich wollte einfach frei werden, um meinen

Mann neu zu entdecken, neu liebzuhaben. Im Grunde war er ein feiner Kerl – der feinste sozusagen. Denn ich konnte mir keinen anderen vorstellen, der so viel Geduld für mich aufgebracht hätte. Ja, ich entdeckte, daß ich im Herzen sogar noch ein wenig in ihn verliebt war. Es war ein Gefühl der Nähe, der Zusammengehörigkeit, der Zärtlichkeit für ihn.

An was anderes als an Liebe hätte man bei dieser Nachtstimmung auch denken können?

Gewiß dachte mein lieber Schatz über Ähnliches nach wie ich. Ich war ganz begierig danach, seine Gedanken zu erfahren und zu hören, wie sehr er mich liebte. Und weil er auch so sinnend vor sich hin schwieg, fragte ich ihn: „An was denkst du, Liebster?“ Ich wußte ja eigentlich, was er antworten würde, aber ich wollte es hören – sozusagen als Resonanz meiner eigenen Gefühle.

Er schwieg noch eine kleine Weile. Wahrscheinlich versucht er, eine Formulierung zu finden, die so recht widerspiegelt, was er denkt, sinnierte ich.

„Ich dachte gerade darüber nach…“ begann er – und mein Herz pochte ganz aufgeregt in mir. „Siehst du den Berg da drüben?“ flocht er ein, „da muß eine Straße vorbeiführen.“ Ich hatte bis dahin weder einen Berg noch eine Straße wahrgenommen. Was will er denn damit ausdrücken? ging es durch meinen Kopf. Er fuhr unbeirrt fort : „Ab und zu fährt dort ein Auto vorbei. Es ist so weit weg, daß man nicht einmal das Geräusch des Motors hört. Ja, und da dachte ich gerade darüber nach, ob es wohl die Lichter eines VWs oder die eines Mercedes sind!“

War es zu fassen? Dieser Mann, für den ich zärtliche Liebe fühlte, verschwendete seine Gedanken damit, über Autolichter nachzudenken! Ich war so tief enttäuscht, daß ich blindlings den Waldweg entlangrannte und mich weinend ins Laub am Wegrand warf. Er liebt mich nicht, schluchzte ich. Und er wird nie begreifen, was Liebe ist, dachte ich weiter.

Mein Mann war mir gefolgt. Fassungslos stand er nun neben mir. Er konnte die Welt nicht mehr verstehen. „Was in aller Welt habe ich schon wieder verkehrt gemacht?" stöhnte er. „Ich habe dir doch nur wahrheitsgemäß geantwortet. Und du hattest mich dazu sogar aufgefordert!"

„Und Gott schuf sie als Mann und Frau", heißt es im Schöpfungsbericht der Bibel im ersten Buch Mose. Das mußte ich im Laufe der Jahre begreifen. Gott hat meinen Mann nicht nur äußerlich völlig anders geschaffen als mich, sondern bis ins Denken und Fühlen hinein.
Wir haben seitdem beide dazugelernt. Ich weiß inzwischen, daß ich meine Fragen anders formulieren muß, damit er meine Stimmung kennt. Und ich durfte lernen, meine Zuneigung zuerst auszudrücken, um dann die seine zu erfahren. Aber auch er hat dazugelernt. Gelegentlich vergesse ich, daß er meine Gefühlsstimmungen nicht in der gleichen Weise wahrnimmt wie ich. „Für solche Momente hat Gott mir inzwischen einen Hebel wachsen lassen", erklärt er. „Wenn du nach meinen Gedanken fragst, fängt es an zu klingeln, und ich darf umschalten."

Ich liebe an ihm…
(Das Herzchenspiel)

Um Eheseminare etwas aufzulockern, bringen wir oft das „Herzchenspiel“ mit hinein.

Zunächst wird an alle Frauen ein in Herzform geschnittenes Papier ausgeteilt. Jede Frau schreibt nun etwas Besonderes über ihren Mann auf, von dem sie meint, daß es einmalig sei. Der Ehemann soll sich bemühen, nicht zu spicken, während sie schreibt, auch wenn es ihm schwerfällt. Es gibt nämlich nicht nur neugierige Frauen! Alle Herzen werden nun von einer Frau eingesammelt, die sie mischt und vorliest. Der Mann, der sich dabei als der Ehemann erkennt, für den dieses Herz bestimmt ist, meldet sich. Nickt die Ehefrau, wird es an ihn übergeben. Wenn nicht, wird das Herz einbehalten und später nochmals vorgelesen. Genau dies geschieht auch mit den Herzen, bei denen sich mehrere Bewerber melden. Die Herzen, bei denen sich niemand meldet, werden ebenso aufbewahrt und in einer zweiten Runde nochmals vorgelesen.
Gelegentlich steht für den Partner auch etwas auf dem Zettel, das ihm peinlich ist. Das sollte vermieden werden. So erging es dem Mann, von dem seine Frau schrieb, daß er allabendlich mit Inbrunst seinen Bauchnabel reinige. Er erkannte zwar, daß er damit gemeint war, aber er konnte dies nicht humorvoll nehmen.

Nachdem alle Herzen an die richtige Adresse vergeben sind, bekommen die Männer nun die gleiche Aufgabe gestellt, indem auch ihnen ein leeres Papierherz überreicht wird. Und sie sollen ebenso etwas Einmaliges über ihre Frau niederschreiben.

Eine kleine Auswahl von Ergebnissen, die zeigt, wie unterschiedlich und vielfältig wir Menschen sind, möchten wir hiermit weitergeben:

„Ich liebe an ihr, daß sie mich auch mit ungewaschenen Füßen ins Bett läßt."

„Sie ist einzigartig darin, was sie im Backofen so alles anrichtet." (Gemeint waren damit die fast regelmäßig angebrannten Frühstücksbrötchen.)

„Ich finde es goldig an ihr, wenn sie mir intensiv etwas erklärt und ich überhaupt nichts verstehe. Und noch goldiger, wenn sie ohne sich aufzuregen wieder von vorne beginnt, um mir nochmals das gleiche zu sagen. Daß ich es schließlich begreife, liegt daran, daß sie ohne Zögern noch einen dritten Anlauf nimmt."

„Ich liebe an ihm seine fünfeinhalb Brusthaare."
(Bei einem weiteren Eheseminar, das das Paar besuchte, verriet uns die Frau, daß es inzwischen mehr geworden seien. Sie würde sie regelmäßig küssen.)

„Durch dich bin ich zu einem glücklichen und erfüllten Mann geworden."

„Ich mag von ihr gerne verwöhnt werden durch etwas, das mit „S" beginnt und mit „s" aufhört." (Er ißt gerne Sniggers, und sie kauft es ihm.)

„Von einer schönen Frau kann man nie genug haben!" (Sie jammert, zu dick zu sein.)

Laß die Sonne nicht untergehen...

Wir hatten eine handfeste Auseinandersetzung hinter uns. Warum konnte er nie verstehen, was ich wirklich meinte? Warum blieb er so dickköpfig bei seinen Argumenten? Ach, es ist einfach furchtbar, daß er immer meint, im Recht zu sein!

Wir hatten schon im Bett gelegen, als diese unguten Worte noch zum Abschluß des Tages über uns hereingebrochen waren. Wieviel lieber hätte ich mit ihm gebetet als mich gestritten. Aber wie hätte man das unter diesen Umständen auch nur äußern können? Ich war voll von Aggression und überaus unglücklich. Und ich schluchzte vor mich hin.

Dazu kam ein weiteres Dilemma: Er konnte Tränen nicht ausstehen! Jetzt machte ich gleich zwei Dinge verkehrt: Er hatte sich über mich geärgert, und nun wagte ich auch noch zu weinen! So zog ich die Bettdecke über meinen Kopf und gab mich meinem Schmerz hin. Aber wer das schon ausprobiert hat, weiß, daß einem dabei die Luft schnell ausgeht.

Es fängt also ein neues Problem an. Man muß „auftauchen", um Luft zu holen. Und da man bis zum letzten Moment gewartet hat – um das möglichst selten zu tun –, ist dieser Augenblick mit einem gewissen Stöhnen verbunden, was den Partner noch mehr aufregen kann.
Mir war all dies bewußt, und ich ärgerte mich noch mehr. Da war man bedrückt und durfte nicht einmal weinen! Das war doch allerhand! Man müßte wenigstens weinen dürfen, ohne sich unter der Bettdecke noch mit Schuldgefühlen zu quälen.

Entschlossen stand ich auf, rollte mein Kopfkissen zusammen und trollte mich ins Wohnzimmer. Dieser Tag

war zu hart gewesen, als ihn so unschön zu beenden. Wenn mein Mann mir schon nichts Gutes mehr gönnte, mußte ich mir selbst etwas Gutes tun. Und das wollte ich. Ach ja, heute war ja die Schallplatte vom Buchklub angekommen! Diese würde ich mir mit Genuß anhören, um meinen Schmerz zum Abklingen zu bringen. Ich zündete eine Kerze an, legte die Platte auf, kuschelte mich in mein noch warmes Kopfkissen und lauschte der schönen Musik.
Aber was war das? Das konnte einfach nicht wahr sein! Da kam genau die Botschaft durch, die meine Situation betraf. Und sie war beileibe nicht leicht für mich. Da hieß es im Refrain immer wieder:
„Laß die Sonne nicht untergeh'n, ehe du verzeihst. Tu den ersten Schritt, sag das erste Wort, brich den Bann...“
(Manfred Siebald)

Ich sollte den ersten Schritt gehen? Ich, die ich doch im Recht war? Da wollte ich mir etwas Gutes tun, und Gott erinnerte mich daran, daß Friede nur über den Schritt der Vergebung möglich ist. Ich erinnerte mich an die Aussage einer Predigt, in der der Pfarrer sagte: „Vergebung heißt nicht: ‚Wer hat Recht?‘ Vergebung heißt für mich ganz einfach: ‚Gehe ich den Weg Jesu?‘“
Dies war eine ganz persönliche Botschaft Gottes, genau für meine Situation. Und ich wollte gehorchen. Also packte ich mein Kissen wieder zusammen, schaltete den Plattenspieler ab, blies die Kerze aus und ging ins Schlafzimmer.
„Verzeih mir bitte“, kam es dann über meine Lippen. Es fiel furchtbar schwer. Aber als es gesagt war, fiel eine große Last von mir ab, die sich mit einer großen Freude verband. Es wurde noch schöner: Nach einer Zeit des Schweigens nahm mein Mann mich in die Arme und fügte hinzu: „Danke, daß „du “mir vergeben hast.“

Komplimentol

Während unseres ersten Ehejahres führten wir aufgrund unserer weitentfernten Arbeitsplätze eine Wochenendehe. Deshalb freuten wir uns sehr auf Weihnachten, wo wir endlich einmal über längere Zeit beisammensein konnten. Und dieses erste gemeinsame Weihnachtsfest wollten wir ganz besonders schön gestalten. Nicht die Geschenke sollten den ersten Platz einnehmen, sondern das Einander-wissen-Lassen, wie wertvoll einer dem anderen ist. So besprachen wir, daß jeder dem anderen etwas schenken sollte, das er weitgehend selbst gebastelt hätte.
In den kommenden Wochen zog sich also mein Mann mehrmals für Stunden zurück. Dieses geheimnisvolle Geschenk, das er für mich herstellte, war anscheinend völlig geräuschlos anzufertigen. Denn aus dem einzigen Raum unserer Einzimmerwohnung, in den er „flüchten" konnte – unsere Toilette –, kam kein einziger Ton.

Schon am Nachmittag des Heiligen Abends lagen kleine Päckchen auf dem Tisch, liebevoll eingepackt. Wir waren beide so richtig neugierig, und jeder äußerte seine Gedanken über den vermuteten Inhalt.
Der Gottesdienst am Abend erinnerte uns neu an das größte Geschenk, das je einem Menschen zuteil wurde: nämlich daß Gott Mensch wurde, „damit wir Menschen Gotteskinder werden können."
Nach einem köstlichen Abendessen setzten wir uns zusammen, um die Geschenke auszutauschen. Aber wir rissen nicht einfach das Papier auf. Jeder gab zunächst einmal seine Vermutungen über den Inhalt ab, aufgrund von Größe und Gewicht des Geschenks. Beim Auspacken stieß ich auf eine wunderschöne Schachtel. Und als ich den Deckel abnahm, fand ich viele rote, aufgerollte Zettelchen vor. Jedes davon war säuberlich verschnürt. Ich fand

heraus, daß es sich um ein selbst hergestelltes Medikament mit Namen „Komplimentol“ handelte. Der Beipackzettel klärte mich über die Anwendung und die Dosierung auf.

Komplimentol

Anwendungsgebiete (Indikationen):
Wenn
- der Ehemann auf Reisen ist;
- Zweifel über die Aufrichtigkeit seiner Liebe aufkommen;
- das Telefon nicht funktioniert.

Dosierung:
1 mal wöchentlich
Überdosis vermeiden! Nicht für Jugendliche unter 18 Jahren!

Nebenwirkungen, Begleiterscheinungen:
Komplimentol wird von den meisten Frauen gut vertragen. Gelegentlich wurde leichtes Erröten festgestellt.

Dieses Medikament habe ich im Verlauf des folgenden Jahres immer sehr gerne eingenommen. Es hatte 100% Wirkung.
Zu lesen bekam ich im Laufe des Jahres u.a.:
- „Eine tüchtige Frau, ich habe sie gefunden. Weit über Perlen geht ihr Wert“ (siehe Sprüche 31,10).
- „Joker! – Du kannst ihn für eine beliebige Tätigkeit im Haushalt einlösen.“
- „Ich genieße deine Experimentierbegeisterung in der Küche!“
- „Dein Zwetschgenkuchen mit Streusel ist so gut wie der von Tante Isolde.“
- „Oh, schön bist du, meine Freundin, ja, du bist schön!“ (Hoheslied 4,1).

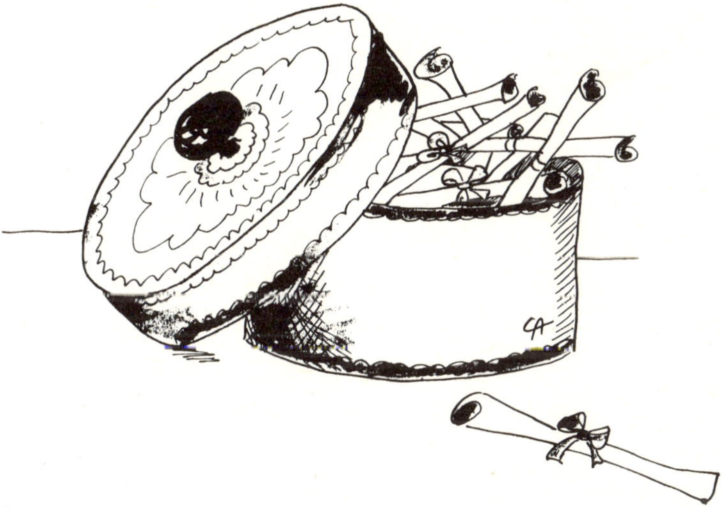

Nachdem ich Komplimentol ein Jahr lang regelmäßig eingenommen habe (in mancher Woche brauchte ich auch zwei Verabreichungen), kann ich nur allen Männern empfehlen, es für ihre Frauen herzustellen. Dieses Medikament bewirkt eigenartigerweise nicht nur bei dem eine Veränderung, der es einnimmt, sondern kommt letztlich auch dem zugute, der es verabreicht.

Mama, hast du je an Scheidung gedacht?

Meine Tochter war gerade vier Wochen verheiratet. Ich freute mich mit ihr, daß sie solch einen netten Jungen zum Mann bekommen hatte. Wie hatte sie mir von ihm vorgeschwärmt! Ich konnte nur hoffen, daß diese Begeisterung recht lange anhielt. Ihr Matthias würde natürlich nie so werden wie Papa, der so selten seine Liebe bekundete, hatte sie angekündigt. Ihren Matthias würde sie natürlich von Anfang an auch anders erziehen. Dies alles hatte sie ganz offen und lautstark mitgeteilt. Und dabei war mein Mann ein herzensguter Vater und Ehemann, auch wenn er mich nicht so oft in den Arm nahm wie Matthias meine Tochter.

Wie auch immer! Vier ganze Wochen war sie nun mit ihrem Traummann verheiratet. Aber offensichtlich reichte es schon für sie aus, um zu erkennen, daß man einen erwachsenen Menschen nicht einfach erziehen kann und daß ein Mann, sei er noch so gut, auch einen Willen hat. Es fiel ihr schwer zu begreifen, daß ein Mann, der einen liebte, einen trotzdem manchmal überhaupt nicht verstehen konnte. Das wollte einfach nicht in den Kopf meiner Tochter.
Wie sollte ich es ihr erklären? Ich versuchte, ihr zu vermitteln, daß ein Mann anders denkt und auch anders fühlt als eine Frau und daß dies ein Lern- und Anpassungsprozeß sei. Jede Frau müsse da hindurchgehen. „Was", äußerte meine Tochter erschrocken, „du auch?" „O Mama!" meinte sie ganz außer sich, „hast du dann auch schon über Scheidung nachgedacht?"

Hilfe, dachte ich in meinem Herzen, soll ich ihr wirklich sagen, was mir schon alles durch den Kopf ging? Ich hatte meinen Mann wirklich lieb, obwohl ich oft ärgerlich über ihn gewesen war. Warum sollte ich mich um die Wahrheit drücken? Also antwortete ich ihr wahrheitsgemäß: „An Scheidung nicht." Ich merkte, wie sich ihre Züge entspannten. Wahrscheinlich war sie sich nun völlig sicher, daß es wirklich an Matthias allein liegen mußte, daß alles so schieflief.

Aber mein Satz war eigentlich noch gar nicht zu Ende. Ich begann also nochmals, indem ich das Erste wiederholte und ergänzte: „An Scheidung nicht..., aber an Umbringen".

Sie war wie erstarrt. Dann begann sie zu lachen. „Wunderbar", meinte sie zu mir gewandt, „und du hast es bis heute nicht getan, und ihr seid immer noch glücklich miteinander, obwohl ihr euch nicht so oft küßt wie wir."

Sie ging anscheinend getröstet nach Hause, und bis heute sind keine weiteren Klagen an mein Ohr gelangt.

Das Gedicht

Ich mag Gedichte sehr, weil sie Stimmungen einfangen, die ich ebenso empfinde, aber nicht so ausdrücken könnte.

Es war nach einem arbeitsreichen Tag. Wir hatten uns gestritten. Eigentlich war es eine Lappalie gewesen. Aber sie hatte uns beide offensichtlich tief verletzt, und die Wunde schmerzte. Wie kann ich jetzt nur wieder aus dem Schlamassel herauskommen? dachte ich. So schnell war ein böses Wort gesagt, und ich hätte es gerne wieder zurückgeholt. Wenn ich doch nur öfter an das Wort des Jakobus erinnert würde: „Ein jeder Mensch sei schnell zum Hören, langsam zum Reden, langsam zum Zorn!" (Jakobus 1,19).

Ich wußte, es konnte Stunden oder Tage dauern, um alles wieder ins Lot zu bringen. Wie haßte ich diese Art der Auseinandersetzung! Nein, dieses Mal wollte ich nicht den ersten Schritt zur Versöhnung tun, nur um des lieben Friedens willen. Mein Mann mußte schließlich wenigstens einmal eingestehen, daß er nicht ganz unschuldig an der Angelegenheit war.
Der Abend kam. Aber es war keine Lösung in Sicht. Für solche Situationen hatte ich mir inzwischen schon eine Lektüre bereitgelegt, mit der ich mich zu trösten versuchte. So saß ich im Wohnzimmer und las Gedichte, die mich innerlich heil machten. Aber, sollte man es glauben, da war doch tatsächlich eines, das genau unsere Situation traf.
Nein, das durfte ich meinem Mann nun wirklich nicht vorenthalten. Es war so treffend, daß es mir die Worte abnahm, mich bei ihm entschuldigen zu müssen. Beide, hieß es da, sind aufgerufen, sich aufeinander zu zu bewegen. Ja, das war es!
Ich nahm eine Kerze, zündete sie an und ging ins Schlafzimmer. Mein Mann schaute erstaunt auf, als er mich da am

Bettende stehen sah, um ihm ein Gedicht vorzulesen. Langsam und die uns beiden betreffenden Stellen besonders betonend, trug ich Zeile um Zeile vor.
Mein Mann schwieg. Aber ich meinte zu spüren, wie sich die Verkrampfung zwischen uns löste. Ich ging zu Bett. Wir hielten uns an den Händen, und ich fühlte mich glücklich wie selten zuvor. Ja, es war eigenartig, welche Saiten durch dieses Gedicht in ihm zum Schwingen gekommen waren.

Es wurde Morgen, und die ersten Sonnenstrahlen bahnten sich den Weg durch die Rolladenschlitze. Ich räkelte mich in meinem Bett und bemerkte, wie gut ich geschlafen hatte. Meinem Mann war es offensichtlich genauso ergangen. Er blinzelte fröhlich zu mir herüber.
Ja, dachte ich etwas selbstherrlich in meinem Herzen, ich war doch wirklich eine kluge Frau. Aus dieser Situation hatte ich das Beste gemacht.
So konnte ich es mir auch nicht verkneifen, ihn zu fragen, welche Stimmung das Gedicht in ihm ausgelöst habe.
„Na ja", antwortete er schmunzelnd, „ich wollte klug sein. Nachdem wir schon einen Streit gehabt hatten, wollte ich einen zweiten vermeiden." Nun verstand ich gar nichts mehr. „Warum denn?" wollte ich wissen. „Willst du es wirklich wissen? Und versprichst du auch, dich nicht darüber aufzuregen?" fragte er mich. Ich versprach es. „Nun, ich habe von dem ganzen Gedicht keine einzige Zeile verstanden", offenbarte er mir. Zuerst mußte ich die Luft anhalten. Aber dann fing ich an zu lachen, und mein Mann lachte mit.

Jeder von uns hatte versucht, besonders weise zu sein. Das Gute an dem Ganzen war gewesen, daß trotz unserer scheinbaren Weisheit Versöhnung zustande gekommen war.

Hast du mich lieb?

Es gibt viele Möglichkeiten, um auszudrücken, daß ich einen Menschen liebe. Wenn man verliebt ist, entdeckt man tausend Dinge, um dem anderen mit Worten, Geschenken und Taten zu beweisen, was im eigenen Herzen vorgeht.
Ist man aber verheiratet, so hört man leider oft mit diesen Liebesbeweisen auf. Man meint, sich ja nun zu haben. Und das stimmt. Aber um einen Ofen warm zu halten, bedarf es des Nachlegens.
Gerade die Frau braucht besonders oft die Wiederholung, auch wenn eine Sache ganz klar ist. Ja, gerade, weil sie klar ist, will sie sie immer neu bestätigt sehen. Und besonders dann, wenn es um das so wichtige Thema Liebe geht. Deshalb ist es auch meistens die Frau, die ihren Mann fragt: „Hast du mich lieb?“

Was Männer so alles darauf antworten, was sie parat haben oder was in ihrem Gehirn dabei vorgeht, erfragten wir auf einem unserer Seminare. Die Frage lautete: *„Was antworten Sie, wenn Ihre Frau Sie fragt: Hast du mich lieb?“*

Zunächst herrschte ein großes Schweigen. Unsere weitere Frage lautete deshalb: „Oder fragt sie das nie?“ Als Antwort darauf erfolgte ein großes Gelächter. Dann kamen die ersten Antworten. Bevor Sie aber, lieber Leser, weiterlesen, prüfen Sie einmal, was Sie antworten würden...

Der erste Mann begann: „Wenn sie mich so etwas fragt, sage ich: ‚Ja, natürlich.‘ Was soll man denn da anderes antworten?“
Weitere Varianten in dieser Richtung waren: „Ja, das weißt du doch“ oder „sicher“ oder „immer“.

Es gab aber auch andere Antworten. Da erzählte uns ein Mann: „Wenn sie das fragt, weiß ich, daß wieder etwas im Busch ist. Sie will ein neues Kleid oder einen neuen Mantel oder etwas anderes. Ich frage also zurück: ‚Was willst du dieses Mal, mein Schatz?'"

Wieder ein anderer Mann erklärte uns seine Situation folgendermaßen: „Wenn sie mich das fragt, versuche ich herauszufinden, was ich nun schon wieder falsch gemacht habe. Ich frage mich, welchen Anlaß ich gegeben haben könnte, daß sie an meiner Liebe zweifelt. Diese Frage gibt mir ein ganz schlechtes Gefühl." „Ich kann diese Fragerei überhaupt nicht ausstehen", äußerte sich ein weiterer Mann. „Ich hab' es ihr doch schriftlich gegeben beim Standesbeamten und mündlich vor dem Traualtar. Und jetzt will sie es immer noch hören."

Was also tun? Eine Möglichkeit ist eine Umformulierung der Frage in eine Aussage. „Was empfänden Sie, wenn Sie von Ihrer Frau gesagt bekämen: ‚Ich hab' dich lieb!'" wollten wir von den Betroffenen wissen. „Das ginge mir glatt hinunter wie Öl", rief ein Mann fröhlich aus.
Aber nicht jeder will nur Worte hören. Manche möchten lieber Taten sehen. So teilte uns eine Frau mit: „Daß er mich liebhat, das sagt er mir oft, sogar freiwillig. Manches Mal sogar mitten in der Küche, wenn ich vor einem großen Geschirrberg stehe. Mir wäre es dann tausendmal lieber, er würde das Geschirrtuch in die Hand nehmen, als mich mit solchem Liebesgeflüster aufzuhalten."

Apropos Taten sehen: „Wann haben Sie Ihrem Ehepartner das letzte Mal eine Freude bereitet?"

Es sagte eine Frau …

Wenn wir miteinander im Bett liegen und ich mich so an ihn schmiegen kann und mein Kopf in seinem Arm liegt, fühle ich mich richtig geborgen. Im Nu bin ich dann selig eingeschlafen.

Dazu kommentierte ihr Mann …

Wenn du dich so an mich schmiegst, löst dies Gefühle in mir aus wie bei einem Glas frischgezapftem Bier. Du schenkst mir ein, läßt es überschäumen, hältst es mir unter die Nase…, und mir läuft das Wasser im Mund zusammen. Du fügst aber zu meinem Entsetzen dazu: „Riechen darfst du wohl, aber wehe, du wagst es, davon zu trinken!“
Resigniert muß ich dann mit meinen in Gang gekommenen Gefühlen zurechtkommen, während du selig in meinen Armen schlummerst.

Hochzeitstag

Wir haben Hochzeitstag, inzwischen schon den zwölften. Nachdem wir mit den Kindern ein wenig gefeiert haben, schauen wir uns die Fotos von damals an. Unsere Mädchen sind von dem schönen, weißen Kleid ganz fasziniert. Sie wollen genau wissen, wie das alles damals war. Die vierjährige Damaris malt uns daraufhin als Hochzeitspaar. Sie überreicht uns das Bild und macht ein sehr trauriges Gesicht. Ich frage sie: „Was ist denn los? Das Bild ist wunderschön. Gefällt es dir vielleicht selbst nicht?" „Aber doch", meint sie klagend. „Das ist es ja gerade. Wenn es so schön war, warum hast du mich dann nicht mitgenommen?"

Mitbestimmungsrecht?

Diese kleine Geschichte ist all denen gewidmet, die sich fragen, warum Gott ihnen das eine oder andere Kind anvertraut hat, das sie selbst nicht geplant hatten.

Es ist Morgen. Meine kleine Tochter ist zu mir ins Bett gekrabbelt und kuschelt sich ganz nahe an mich. „Weißt du, Mami, dich hab' ich am allerliebsten auf der ganzen Welt."
Sie hält inne und fügt mit einem tiefen Seufzer hinzu: „Ach, Mami, wenn ich dich nicht hätte!"
„Und was wäre, wenn du nicht zu uns gekommen wärest?" will ich von ihr wissen. „Das wäre ja gar nicht gegangen", erklärt sie mir, „ich habe dem Herrn Jesus gesagt, daß ich zu dir will!"
„Nun ja, er hätte doch wohl auch anders entscheiden können", gebe ich ihr zu bedenken.
Meine Kleine umarmt mich und ruft leidenschaftlich aus: „Wenn er mich zu jemand anderem geschickt hätte, wäre ich um die ganze Welt gelaufen, bis ich dich gefunden hätte."

Diese Worte machen mich nachdenklich. Ob es wohl vor unserer Geburt ein Mitbestimmungsrecht im Himmel gibt? Auf jeden Fall gibt es bei Gott keine Zufälle oder Unfälle. Jeder Mensch ist vielmehr ein wunderbarer Einfall Gottes, auch wenn er für seine Eltern vielleicht zu einem ungünstigen Zeitpunkt geboren wurde.

Das nächste Mal fragst du mich aber vorher!

Als sich unser viertes Kind anmeldete, war ich 39 Jahre alt. Zwar war es von uns eigentlich nicht so geplant gewesen, aber wir konnten sehr bald ein Ja dazu finden. Wenn Gott uns dieses Kind zutraute, so würde er uns auch die nötige Kraft dafür schenken.

So weit, so gut. Wie aber sollten wir es unseren Kindern beibringen? Der Älteste war immerhin schon sechzehn, unsere Tochter vierzehn und der Kleinste elf Jahre alt.
Wir fürchteten uns vor ihren Reaktionen. So arbeiteten wir einen Plan aus, wie wir vorgehen wollten. Zuerst würden wir den Ältesten informieren, zuletzt unseren Jüngsten. Zu unserem großen Erstaunen fanden wir ein sehr positives Echo bei unserem Großen. Er wollte nur wissen, ob auch die anderen informiert wären. Die vierzehnjährige Tochter erzählte uns daraufhin mit großer Freude, daß sie ebendies vor kurzer Zeit geträumt hätte.
Uns kam es vor, als hätte Gott selbst die Kinder schon darauf vorbereitet.

Am köstlichsten aber war die Reaktion unseres Jüngsten. Er strahlte über das ganze Gesicht und meinte erleichtert: „Endlich hat es geklappt! Immer bin ich der Kleine und muß all die Arbeiten machen, die sonst keiner tun will: im Keller die Sprudelflaschen holen, Geschirr abtrocknen... Ich war das schon lange leid. Deshalb habe ich vor kurzem in der Kirche eine Mark gespendet. Ich betete dabei: ‚Herr, ich habe es so leid, immer der Kleine zu sein. Das ist nur zu lösen, wenn ich einen kleinen Bruder bekomme. Aber für dich dürfte dies wohl kaum ein Problem sein.'"
Wir waren erstaunt und tief bewegt, wie wunderbar alles schon von Gott geregelt worden war.

Und in der Tat bekam er einen kleinen Bruder! Doch vorbeugend mußte ich als Vater mit unserem Jüngsten ein ernstes Wörtlein reden. Ich wandte mich ihm also zu und sagte zu ihm: „Das nächste Mal fragst du mich aber, bevor du für so etwas betest. Abgemacht?“

Ein Test

Wir waren inzwischen schon vierzehn Jahre verheiratet – und eigentlich nicht unglücklich. Aber glücklich waren wir eben auch nicht. Da gab es nach all den Jahren immer noch Erwartungen in mir, die mein Mann nicht erfüllte.

Das begann mit dem stillen Vorwurf, daß er der Tageszeitung mehr Zeit schenkte als mir, und ging hin bis zu der Vorstellung, daß er eigentlich als Mann ein paar Muskeln mehr und dafür weniger Bauch haben könnte.
In dem Bestreben, ihn zu verändern, wollte ich zuerst selbst mit gutem Beispiel vorangehen. Ich belegte also einen Gymnastikkurs und magerte mir mühsam einige Pfunde herunter. Aber bei meiner Nachfrage an ihn, ob ich ihm nun besser gefiele, kam nur die lauwarme Nachricht von ihm, daß er mich dick oder dünn gleichermaßen liebhabe.
Auf der Suche, unsere Ehe wieder lebendiger werden zu lassen, stieß ich auf das Buch von Marabel Morgan „Die totale Frau“ (Leonis Verlag). Ich begann zu lesen. Zwar fand ich sehr viel Brauchbares darin, aber manches fand ich doch einfach übertrieben. Wie konnte ein erwachsener Mann z.B. darauf „verrückt“ reagieren, wenn er seine Frau abends im Negligé zu Hause vorfand? Nein, solche Sachen würde ich nicht ausprobieren! Das eine oder andere konnte man allerdings einmal versuchen. Mein Mann wußte ja schließlich nichts davon, und so würde es ihn nicht ärgern, wenn ich ihn als Versuchskaninchen gebrauchte.

Z.B. stand im Buch der Hinweis: „Was auch immer Sie an Ihrem Mann vermehrt fördern wollen, loben Sie es! Und zwar auch dann, wenn ein Erfolg sehr fraglich aussieht. Wenn Sie sich einen Mann mit Muskeln wünschen, so loben Sie seine Muskeln!“ Das war es! Ich wollte einen letzten Versuch starten. Sobald ich merkte, daß mein Mann sich

anschickte, zu Bett zu gehen, folgte ich ihm und erklärte ihm, wie gut mir seine Muskeln gefielen. Er wehrte lachend mit der Hand ab.
Aber ich blieb dabei und ließ mir immer Neues einfallen, um ihn wissen zu lassen, wie schön ich seine Muskeln fände.

Eines Tages kam ein großes, schweres Paket mit der Post an. Der Absender war eine Sportfirma. Ich wunderte mich sehr, was mein Mann sich da wohl schicken ließ.
Ohne Worte nahm er am Abend das Paket an sich und verschwand in seinem Arbeitszimmer. Einige Zeit danach hörte ich ihn in der Dusche hantieren. Was war wohl das Geheimnisvolle, mit dem er sich beschäftigte? Kurz darauf wußte ich es. Er hatte sich Hanteln kommen lassen!

Abend für Abend trainierte er nun. Ich kam aus dem Staunen nicht mehr heraus. Für mich fing ein Traum an in Erfüllung zu gehen. Denn mein Mann bekam tolle Muskeln. Und er entwickelte ein ganz neues Lebensgefühl. Diese Erfahrung tat nicht nur jedem von uns gut, sondern besonders unserem Verhältnis zueinander.

Ich kann jede Ehefrau deshalb nur ermutigen: Fangen Sie an, Ihren Ehemann zu loben. Es spielt keine Rolle, mit was Sie beginnen.

Lob gibt dem anderen die Motivation zur Veränderung.
Lob ermutigt, das Beste zu geben.
Lob ist der Antriebsmotor der Seele.
Lob ist wie Wasser für eine ausdorrende Pflanze.

Wie gehen Sie mit den Tränen Ihrer Frau um?

Als Mann und Frau hat Gott uns nicht nur etwas verschieden, sondern völlig anders geschaffen. Die Frau von Billy Graham bemerkte dazu treffend: „Wenn wir in allem in der gleichen Weise denken, fühlen und handeln würden, wäre einer von uns eigentlich überflüssig."
Diese Verschiedenheit betrifft nicht nur unseren Körper. Darüber werden wir oft schon in den ersten Schuljahren ausgiebig informiert. Daß auch unsere Psyche Erlebtes völlig anders bearbeitet und sortiert, ist dagegen vielen unbekannt. Dieses Anderssein führt aber gerade in der Ehe zu vielen Mißverständnissen.

Da fängt ein Mann an, seiner Frau irgend etwas mitzuteilen, und sieht voller Erschrecken, daß sich ihre Augen mit Tränen füllen. Er hält inne und... Ja, was machen Männer in solchen Situationen?

Bei einem unserer Seminare fragten wir: „Wie gehen Sie mit den Tränen Ihrer Frau um?" Die Antworten zeigten ein weites Feld. Der erste Mann äußerte: „Ich gehe aus dem Zimmer und warte, bis es vorbei ist." Ein anderer meinte: „Ich muß wissen, worüber sie weint. Wenn es ein berechtigter Anlaß ist, so tröste ich sie. Weint sie dagegen vielleicht nur über einen Fernsehfilm, so ist sie selbst daran schuld." „Wenn meine Frau weint, empfinde ich es als eine gegen mich gerichtete Anklage", sagte wieder ein anderer, „dann bin ich sauer und fange an, mit ihr zu schimpfen." Ein weiterer löst die Situation, indem er seine Frau in die Arme schließt, ohne irgendwelche Fragen zu stellen. „Ich nehme sie auch in den Arm", erklärte ein Mann, „und wenn sie weint, dann weine ich mit ihr."

Für die Frau sind Tränen oft eine Möglichkeit, um Emotionen zu verarbeiten. Dabei dienen sie der Psyche wie eine Art Überlaufgefäß. Die meisten Frauen erleben Eindrücke stärker vom Gefühl als vom Verstand her. Deshalb reagieren sie meist heftiger und sind schneller im Innersten davon betroffen. Allerdings können sich viele Frauen auch besser von einem Schmerz erholen als Männer.

Walter Trobisch vergleicht die Psyche der Frau mit einem Schwamm. Auch ich nehme gelegentlich zu meinen Vorträgen einen Eimer mit Wasser und einen Schwamm mit. Ich halte den tropfenden Schwamm in die Höhe und erkläre: „Ich habe Ihnen die Psyche der Frau mitgebracht." Meist ist allgemeines Gelächter die Folge. Denn viele verstehen sofort, was ich meine. Ein Schwamm verliert bei Druck sehr schnell die Form. Wenn er naß ist, läßt er, je stärker er belastet wird, eine Menge Wasser heraus. Allerdings gewinnt er sehr schnell wieder die Form zurück, wenn man den Druck wegnimmt.

Genau das ist die Stärke der Frau. Sie kann offensichtlich durch Tränen manche Situationen ihres Lebens besser verkraften. Leider halten viele Männer Tränen für ein Erpressungsmittel, und leider gibt es auch Frauen, die sie zu diesem Zweck einsetzen.

Übereinstimmend wünschten sich die Frauen, in den Arm genommen zu werden, ganz gleich, ob der Ehepartner der Schuldige oder unbeteiligt an den Tränen war. Und viele baten darum, nicht nach dem Grund gefragt zu werden, weil..., ja weil man den selbst manchmal nicht wirklich wisse.

Für die Psyche des Mannes habe ich ein Marmeladenglas dabei. Solch ein kleines Glas ist ungeheuer belastbar. Ein ausgewachsener Mann kann sich darauf stellen, ohne daß es zerbricht oder irgendwie sonst seine Gestalt verändert.

Viele Frauen haben den Eindruck, daß ihr Ehemann so unnachgiebig, unbeweglich und innerlich unverletzbar sei wie solch ein Glas.

Ein Mann hält wohl eine Menge aus, und auch die Tränen seiner Frau rinnen an ihm scheinbar herunter wie an einem solchen Marmeladenglas. Aber der Schein trügt. Ein Glas hält zwar zunächst sehr viel aus. Aber wenn es schließlich bei Überbelastung zerbricht, ist es kaum noch zu reparieren und wird nie wieder diesselbe Belastbarkeit bekommen, die es einmal hatte.

Gehen wir also einfühlsamer mit der Verschiedenartigkeit unseres Partners um! Vielleicht haben wir ihn bis heute mißverstanden!?

Hühnchen im Kreißsaal

Es war wieder einmal soweit. Unser Kind wollte geboren werden. Mein Mann war schon fast ein „alter Hase“ in dieser Angelegenheit. Immerhin war es unser viertes Kind, und wir waren keine Neulinge mehr. Wir meinten es jedenfalls.

Aber wie eben Gott jedes Kind als Original geschaffen hat, so ist auch jede Geburt etwas anders. Ich hatte regelmäßige Wehen, und das schon seit Stunden. So brachen wir schließlich auf, um ins Krankenhaus zu fahren. Aber kaum waren wir dort angekommen, hörten die Wehen einfach auf. Obwohl der Geburtstermin schon vor zwei Tagen hätte sein sollen, schien niemand Lust zu haben, dem Kinde auf die Welt zu helfen. Es war außerdem sehr heiß, und dazu noch ein Wochenende.

So beschloß die Ärzteschaft, das Kind, Vater und Mutter noch zwei weitere Tage warten zu lassen. Da der Muttermund aber schon eröffnet war und es jederzeit „losgehen“ konnte, bekam ich nur noch Zwieback und Tee.
Inzwischen war es Montag geworden, und endlich setzten die langersehnten Wehen wieder ein. Jeder, der auf ein Kind wartet, weiß, wie zermürbend das Warten sein kann.

Trotz unangenehmer Wehen ging es allerdings immer noch nicht richtig voran. Und ich mußte über Stunden im Kreißsaal liegen. Es war nicht gerade ermutigend, die Minuten zwischen den einzelnen Wehen zu zählen, etwas, das wir inzwischen stundenlang eingeübt hatten.
Schließlich bat ich meinen Mann, mir irgendeine Zeitschrift zu besorgen, die Ablenkung schaffen könnte, irgend etwas, das wir miteinander anschauen könnten, um uns darüber zu unterhalten.

„Aber keine Modezeitschrift und auch keine mit so vielen Affären“, instruierte ich ihn. „Auf keinen Fall aber eine politische Zeitschrift“, rief ich ihm noch nach.

Ja, was blieb da eigentlich noch viel übrig an solch einem Zeitschriftenstand? dachte ich nach. Hoffentlich kam er nicht auf die Idee, mir ein Mickymausheft zu kaufen.

Es dauerte nicht lange, da kam er freudestrahlend durch die Tür. Sein fröhliches Lachen wirkte verheißungsvoll. „Rate mal, was ich gefunden habe“, sagte er vergnügt. Ich konnte es natürlich nicht erraten. Und da zog er es auch schon hinter dem Rücken hervor. Noch bevor ich richtig wußte, wie mir geschah, sah ich da auf die herrlichsten Farbfotoabbildungen: knusprige Hähnchen, Pommes frites, köstliche Salate, Eiscreme mit heißen Himbeeren, Obstsalate mit frischer Ananas und Schlagsahne, wunderbare Torten.

Das Wasser lief mir wie Quellen im Munde zusammen. „Schäm‘ dich“, rief ich ärgerlich, „mir solchen Appetit zu machen, wo ich doch gar nichts essen darf!“ Und doch konnte ich kaum meine Augen abwenden von den Köstlichkeiten. „Was würdest du dir denn jetzt wünschen, wenn du dürftest?“ fuhr mein Mann unbeirrt fort. „Hinaus mit dir, Unwürdiger“, sagte ich bestimmt, „und komm mir nie wieder unter die Augen“. „Ja, ja“, meinte mein Mann und tat scheinbar beleidigt, „da liest man seiner Frau alle Wünsche von den Augen ab, rennt für sie um eine Zeitung, und sie ist immer noch nicht zufrieden!“

Heute weiß man ja, daß Babies im Mutterleib schon alle möglichen Geräusche und Stimmungen miterleben. So muß es wohl in diesem Fall gewesen sein. Jedenfalls setzten augenblicklich Wehen ein. Vielleicht hatte der kleine Mensch ebenfalls Appetit bekommen!? Wäre nicht gerade eine Hebamme hereingekommen, um mir den Blutdruck zu messen, so hätte mein Mann wohl aus Strafe für seinen Leichtsinn selbst Hebamme spielen müssen.

Zum Nachdenken: Wann habe ich das letzte Mal meinem Ehepartner eine Freude bereitet? Habe ich vielleicht deshalb resigniert, weil es nicht so ankam, wie ich es mir ausgedacht hatte?

Mut zum Neuprobieren nicht verlieren!

Heimliche Wünsche

Gelegentlich geben wir auf Seminaren Zettel aus. Männer und Frauen sollen darauf ihren größten Wunsch für ihre Ehe schreiben, ohne in das Blatt des anderen zu schauen. Danach übertragen wir – nach Männer- und Frauenwünschen getrennt – das Geschriebene auf eine Tafel. Im Lauf des Seminars soll sich jeder Gedanken darüber machen, welche Aussage wohl vom eigenen Partner stammt – und weiter, ob man ihm diesen Wunsch erfüllen könnte. Wer will, kann dem anderen verraten, was er geschrieben hat.

Vielleicht überlegen Sie sich nun einmal, welche Aussage von Ihrem Ehepartner möglicherweise ähnlich formuliert worden wäre.

Wünsche von Ehemännern:

- mehr Zeit füreinander;
- daß sie mich so akzeptiert, wie ich eben bin;
- mehr Zeit haben in der Zweisamkeit;
- ich möchte mit meiner Frau viel mehr Zeit verbringen, weil ich mich in ihrer Gemeinschaft so wohl fühle;
- ich wünsche mir nur etwas mehr Liebe von ihr;
- mehr Zuwendung auch auf sexuellem Gebiet;
- daß meine Frau auch meine Freundin ist; daß sie mich nicht so heftig kritisiert;
- daß wir mehr miteinander lachen können;
- ich möchte einmal „ich" sein dürfen;
- alles ist ihr nicht gut genug. Ich möchte einmal hören, daß ich etwas zu ihrer Zufriedenheit erledigt habe;
- schnelleres Aufeinanderzugehen nach Meinungsverschiedenheiten.

Wünsche von Ehefrauen:

- daß er besser Ordnung hält;
- daß er zu mir steht, auch vor seiner Mutter;
- daß er sich mehr mit den Kindern beschäftigt;
- ab und zu mal Blumen;
- viel reden dürfen, und er hört auch zu;
- in meinem Mann mehr Gottes Ebenbild sehen;
- daß wir öfter darüber reden, was jeder denkt;
- mehr Zärtlichkeit, auch tagsüber;
- ich möchte noch viel mehr wissen, daß ich ihm wichtig bin;
- daß wir mehr miteinander beten;
- daß ich zu ihm aufblicken kann.

Kuschelchen und Kruschelchen

Vor einiger Zeit fand in unserer Kirche ein ungewöhnlicher Gottesdienst statt. Uns wurde Mut gemacht, einander mehr mitzuteilen, was Christus uns vorgelebt hat. Sein einziges Gebot war: „...daß ihr einander liebt, wie ich euch geliebt habe“ (Johannes 13,34-35).
Als Anschauungsmaterial für das, was uns in dieser Zeit besonders fehlt, wurden weiche Bommeln in die Kirche geworfen. Die Konfirmanden hatten sie aus Wolle hergestellt. Diese kleinen Wollknäuel fielen zwischen die Bänke und durften von den Gemeindegliedern mit nach Hause genommen werden. „Kuschelchen“ nannte sie der Pfarrer. Diese Kuschelchen fehlten in unserem täglichen Zusammenleben zwischen den Ehepartnern, zwischen Eltern und Kindern, zwischen Lehrern und Schülern. Dieses den anderen wissen lassen: „Du bist mir wichtig... Ich mag dich... Ich nehme dich an, so wie du bist... Das hast du gut gemacht... Du bist ein toller Kerl“ usw. wird meist verdrängt von all den Dingen, die uns am anderen stören.

Die Mitteilung der Störungen nannte er „Kruschelchen“. Sie lassen den anderen wissen: „Du genügst mir nicht... Du bist unvollkommen... Du verstehst mich nicht“. Sie geben das Gefühl, immer zu versagen. Sie lassen einen im Glauben, eigentlich unwürdig zu sein.

Diese Mitteilungen hemmen den Menschen, dem sie gesagt werden, in seiner Entfaltung. Sie nehmen ihm die Motivation, sich anzustrengen; sie halten ihn davon ab durchzuhalten. „Kruschelchen“ verteilen wir Tag für Tag haufenweise und geben ihnen in unserem Herzen viel Platz. Z.B.: Warum bringt mir mein Mann nicht wieder einmal Blumen? Warum strengt sich mein Kind in der Schule nicht mehr an? Warum hast du nicht...?

Die „Kuschelchen“ tauchen leider oft nur als Randfiguren auf. Dabei hätten wir sie alle so sehr nötig. „Nimm es nicht so schlimm, das kriegen wir schon hin!“ Oder bei einer schlechten Note: „Schau, sie ist schon besser als das letzte Mal!“ Oder auch: „Wie nett du heute deine Haare zurechtgemacht hast!“ Auch ein Briefchen im Jackett des Ehemannes könnte ihn einmal wissen lassen: „Ich bin so froh, daß du arbeiten gehst und für uns alle sorgst. Ich danke dir!“ Diese kleinen Kuschelchen brauchen wir auch und gerade dann, wenn sie am wenigsten verdient sind.
Schenken Sie sich doch mehr Kuschelchen! Wer Kuschelchen verschenkt, wird selbst auch öfter mit Kuschelchen beschenkt werden.

Der Kirchenvater Augustinus sagte: „Gott liebt die Menschen nicht, weil sie schön sind, sondern damit sie schön werden.“ Für mich soll das heißen: ich darf den anderen lieben, nicht, weil er liebenswert ist, sondern damit er liebenswert wird.

Seit dieser Zeit verwenden wir die weichen Bommelchen, um einander unsere Liebe zu zeigen. Ich lege sie meinem Mann zwischen seine frischen Taschentücher oder auch zu seinem Frühstück in die Tasche. „Kuschelchen“ liegt auch in seinem Schlafanzug, wenn meine „ungefährlichen“ Tage im Verlauf meines Zyklus sind.

Ein Kuschelchen genügt nicht! Ich lege mir die kleinen, weichen Knäuel ans Telefon und in den Küchenschrank als Erinnerung: Ich will heute und jetzt etwas von der Liebe weiterschenken, die Jesus mir Tag für Tag bedingungslos gibt.

Anregung zum Nachahmen!

Eine Buche erzählt

Ein Ehemann schrieb die Geschichte seiner eigenen Ehe in Form dieser hessischen Legende nieder:

In einem kleinen hessischen Dorf erzählte man seit langen Zeiten vor jeder Hochzeit eine Geschichte. Keiner wußte mehr, wer sie erfunden hatte, ja, manche glaubten sogar, daß sie wirklich einmal in dieser Weise erlebt worden war.

Ein junger Mann, keiner wußte mehr seinen Namen, hatte in jenem Dorf gelebt. Er war mit einem überaus netten Mädchen verheiratet, und jedermann im Dorf meinte, die beiden wären glücklich.

Sie waren nun auch nicht gerade unglücklich, aber der junge Mann merkte, daß in seiner Ehe doch etwas nicht stimmte. Er hätte nicht einmal sagen können, was es war. Oft durchstreifte er ruhelos die dichten Wälder und dachte darüber nach, wie und wo er die Lösung finden könnte.
So war er eines Tages wieder unterwegs. Er wurde müde bei der Suche, ob er nicht in der Natur etwas fände, was ihm helfen würde. Denn wie Gott die Welt geschaffen und jedes Ding zu einem gewissen Zweck erdacht hatte, so mußte er sicher auch die Ehe erfunden haben, weil er damit ein ganz bestimmtes Ziel verfolgte.
Ermüdet von all den vielen, schweren Gedanken, legte sich der junge Mann unter eine Buche und schlief ein. Er konnte sich nicht erinnern, wie lange er da gelegen hatte. Vielleicht waren es Stunden, möglicherweise sogar Tage gewesen, denn nie zuvor hatte er sich bei seiner Suche so sehr ange strengt wie dieses Mal.
Mitten in seinen Traum hinein hörte er eine Stimme. Es war ihm nicht möglich festzustellen, ob diese Stimme aus der Wirklichkeit kam oder ob sie im Traum zu ihm sprach.

Jedenfalls hörte er sie sehr deutlich: „Hallo, wach‘ auf, ich bin das Ende deiner Suche." Der junge Mann schaute sich um, aber er konnte niemanden entdecken. Da rief es schon wieder ganz laut über seinem Kopf: „Hallo, ich habe zu dir gesprochen". Da erkannte er, daß es die Stimme der Buche war. „Was willst du von mir?" fragte er erstaunt. „Ich möchte dir helfen, eine Antwort zu finden. Und wenn du Zeit hast, will ich dir anhand meiner eigenen Lebensgeschichte die Lösung für deine Ehe zeigen", bot ihm die Buche an. „Aber genau danach suchte ich ja die ganze Zeit", rief der junge Mann, „warum habe ich dich denn nie vorher gehört?" „Du warst nicht wirklich bereit dazu", brummte die alte Buche, „du warst viel zu sehr mit dir selbst beschäftigt".

Die Buche zeigte ihm ein kleines Töpfchen. „Siehst du, das habe ich dir mitgebracht. Weißt du, was es ist?" Der junge Mann lachte: „Natürlich weiß ich es! Es ist eine ganz junge Buche. So klein, daß sie noch in einen Blumentopf hineinpaßt. Und außerdem hat sie alle Blätter verloren. Doch was hat das mit meiner Situation zu tun?" Die Buche erwiderte: „Das ist deine Ehe. Sie ist wie ein zartes Pflänzchen gerade zum Leben erwacht und gleich in den Winter gekommen. Du erwartest nun von diesem Pflänzchen, daß es schon so groß und mächtig sei wie ich. Verstehst du, was ich dir sagen will?" „Ja", murrte der junge Mann ein wenig unwillig. „Sei geduldig, du wirst es immer mehr begreifen, je mehr ich fortfahre mit dem Erzählen", belehrte ihn die Buche.

„Auch ich entstand, indem ein weiblicher und ein männlicher Same zusammenfanden und begannen, etwas völlig Neues zu werden. Sie ließen sich weit forttragen, bis sie einen Platz gefunden hatten, an dem es ihnen gefiel. Hier begannen sie, sich selbst zu sterben in der dunklen Erde. Das war die Voraussetzung, um zu neuem Leben erwachen zu können. Zuerst sproßten zwei kleine, ovale Blätter aus dem kleinen Trieb, der sich durch die Erde zum Licht geschafft hatte. Die kleine, neue Buche war zunächst sehr unglücklich und unzufrieden, wenn sie sich mit den anderen Buchen um sich herum verglich. Doch bald schon brach das zweite Blattpaar aus ihrer Mitte, und es keimte die Hoffnung, daß das Wachstum nun mit zunehmender Schnelligkeit voranging. Doch bald schon kam der Herbst. Zwar war die kleine Buche entzückt von den wunderschönen Farben ihrer Blätter. Wer aber könnte das Entsetzen beschreiben, als die bunte Pracht zu Boden fiel? Nur die kahlen Stengel blieben übrig. Diese kleine Buche habe ich dir mitgebracht. Sie entspricht eurer Ehe. Der Stengel zweifelte nämlich schon wieder, ob er wirklich noch eine Buche sein könnte. Natürlich weißt du jetzt schon, wie es weitergeht, junger Mann! Wenn du nämlich genau hinsiehst, entdeckst du schon die Knospen – das Anzeichen neuer Blätter für den nächsten Frühling. Jahr für Jahr mehren sich die Blätter.

So ging es auch bei mir. Und hast du mir genau zugehört, wirst du gemerkt haben, daß dies der Kreislauf allen Wachsens ist. Jede Krise kann eine neue Pracht hervorbringen. Gefährlich wird es nur, wenn wir in Resignation verfallen und den Keimblättern keine Chance mehr einräumen, sich neu entfalten zu können.
Jedes Jahr mußte ich neu meine Blätter verlieren, um im Frühling weitermachen zu können. Trotz allen Verlustes war es jedoch immer Gewinn. Bemerkst du, wie ich dabei groß und stark geworden bin?

Aber der Herbst war nur das eine, das mir nicht gefiel. Da kamen die Tiere des Waldes und fraßen die jungen Triebe an mir ab. Ein schmerzlicher Vorgang! Doch der Grund, in dem ich gewurzelt war, gab mir neue Nahrung, und ich konnte wieder treiben und ausschlagen.
Und einmal, da dachte ich wirklich, daß endgültig mein Ende beschlossen wäre. Ein Sturm tobte. Er erfaßte auch mich und bog meine Äste zur Erde, daß mir der Rücken weh tat. Er riß mir die Blätter ab und richtete mich arg zu.

Da steckte der Schöpfer mir einen Stab an die Seite und richtete mich auf. Dieser gab mir Halt. So wurde ich getröstet und wuchs neu dem Licht entgegen. Doch genug davon. Ein andermal will ich dir weitererzählen.
Jetzt gebe ich dir noch einen Ausblick für deine Zukunft, wenn du bereit bist, all das auszuhalten. Klettere herauf in meine Baumkrone!"
Der junge Mann stieg immer höher hinauf. „Schau dich um!" forderte die Buche ihn auf. Auf dem Baum, der von unten so ruhig gewirkt hatte, war eine Fülle von Leben. Da bauten sich die Spatzen Nester, ein Buntspecht besorgte sich klopfend die Nahrung aus der Rinde, Insekten schwirrten umher. „Ich darf nun vielen Lebensraum geben, weil ich zur Reife gekommen bin", sagte die Buche bedächtig. „Es lohnt sich, die Kälte auszuhalten und den Sturm und die Hitze des Sommers. Nun trage ich Leben auf mir und beschirme es unter mir. Wenn du wieder unten bist, wirst du entdecken, was ich meine".

Als der junge Mann unten war, sah er, daß sich zwei Wanderer auf der Bank unter der Buche zum Ausruhen niedergelassen hatten. Und auch die Bank war aus einer alten Buche gefertigt worden. „Ich darf Schatten spenden und Schutz bieten, weil ich geduldig war, aushielt und Jahr um Jahr meine Blätter losließ – in der Hoffnung, dadurch neu zu empfangen. Ich wurde nie enttäuscht. Und nun ist meine Hoffnung, daß auch dann, wenn ich einst gefällt werde, mein Zeugnis erhalten bleibt, so wie diese Bank ohne Worte zum Rasten einlädt. Du meinst vielleicht, daß du als so kleines Pflänzchen niemandem Schutz geben kannst, nicht einmal deiner Frau. Dein Gejammer hilft dir aber nichts. Lebe jeden Tag ganz bewußt und sei sicher, daß dir der Schöpfer einen Stab geben wird, wenn du einen brauchst. Laß deine Blätter los, wenn die Zeit dafür kommt. Nur wer bereit ist loszulassen, kann neu empfangen. Mach' deine Frau nicht dafür verantwortlich, daß das Ehebäumchen nicht so wächst, wie du es dir vorstellst.

Mach' ganz allein „dich" verantwortlich. Laß vermodern, was nicht besteht, und warte darauf, daß der Schöpfer dir die neuen Triebe zeigt, die für eure Ehe wichtig sind. Nur wenn du bereit bist, dich loszulassen, wird der Schöpfer dich so formen, daß du für die anderen brauchbar bist, und vor allen Dingen für deine Frau."

So erzählte der Baum immer weiter. Im Dorf aber war man in großer Sorge, weil der junge Mann nirgends zu finden war. Alle gingen auf die Suche, voran seine Frau. Unter jener Buche fanden sie sich neu, und der junge Mann erzählte seiner jungen Frau alles, was er dazugelernt hatte. Die beiden sollen sehr glücklich geworden sein. Und jene Buche wurde zum Mittelpunkt des Ortes erwählt. An ihr führt nun die Hauptstraße vorbei.

Die Buche war zu einem so wundervollen Baum gewachsen, daß jeder, der in den Ort kam, bewundernd davor stehenblieb. Und wenn gerade ein Dorfbewohner unter ihr auf der Bank saß, erzählte er dem Besucher ihre Geschichte. So blieben ihre Wahrheiten immer lebendig, und die Scheidungsrate jenes Ortes war bei null Prozent.

Ob diese Geschichte sich aber je ereignete, weiß bis heute niemand dort zu sagen. Aber man kann nur hoffen, daß viele etwas aus ihr lernen.

Streicheleinheiten

Vor kurzem hörte ich etwas davon, wie wichtig Streicheleinheiten für jeden Menschen sind. Ich entwarf darauf folgendes Rezept und kann mir nur wünschen, daß es recht häufig als Medizin verteilt wird.
Streicheleinheiten sind Tropfen, die dem Menschen helfen, sich wohler zu fühlen, sich selbst besser annehmen zu können. Sie motivieren dazu, Arbeit gründlicher wahrzunehmen, weil der andere es einem zutraut. In der Schule gelingt ebenfalls vieles besser, wenn Angst nicht die Sinne lähmt. Ein Mann, der sich im Bereich der Zärtlichkeiten von seiner Frau anerkannt fühlt, wird weniger in Versuchung fallen, einer anderen Frau sein Herz zu leihen. Und eine Frau, die sich von ihrem Mann geliebt weiß, wird nicht nach der Zärtlichkeit eines anderen Mannes Ausschau halten.

Neulich schenkte mir mein Mann eine Schachtel Pralinen. Als ich den Deckel öffnete, lag ein Zettel darin mit den mutmachenden Worten: „Von links oben nach rechts unten aufzuessen! In Liebe von dem, der dich am liebsten hat". Da ich unter Gewichtsproblemen litt, war dies die größte Liebeserklärung, die er mir machen konnte. Es hieß für mich soviel wie: Es zählt nicht, ob du dünn oder dick bist. Ich liebe dich um deiner selbst willen.
Deshalb erinnern Sie sich täglich daran, diese kostbare Medizin zu verabreichen.

Hier das Streichelrezept:
Es ist täglich wie folgt zu verabreichen:
4x streicheln ist die Mindestdosis zum Überleben.
8x streicheln ist die Normdosis.
12x streicheln führt zur Sättigung.

Wichtige Hinweise:
weniger als 4x streicheln hat eine große Lebensbeeinträchtigung zur Folge.
Eine Überdosis ist unschädlich.

Der Eheabend

Unser Terminkalender ist voll mit wichtigen Daten. Aber für das Wichtigste nehmen wir uns oft keine Zeit. Dies war eine der Mitteilungen, die wir auf einem Eheseminar hörten. Auch die Lösung wurde uns mitgeteilt: Jede Woche, bei Krisen noch häufiger, sollte ein gemeinsamer Abend stattfinden, der jeweils von einem Ehepartner im voraus geplant werden muß.
Als wir wieder zu Hause waren, merkten wir, wie schwer das trotz Vorsatz zu verwirklichen war. Doch sooft wir es schafften, diesen Termin einzuhalten, wurde er uns zum Gewinn. Ich merkte, daß ich auf diese Weise meinem Mann Dinge vermitteln konnte, für die er sich sonst überhaupt nicht interessierte. So schaute er nach all den Jahren einmal wieder mit mir unser Hochzeitsalbum an, und ich durfte ihm meine Gedanken dazu mitteilen.

Anstrengend kann es natürlich auch werden. Er hatte nämlich den Einfall, mich bei seinem Beitrag zum Eheabend zu einer kleinen Fahrradtour einzuladen. Davon war ich überhaupt nicht begeistert. Aber ich machte dabei eine tolle Entdeckung: Es macht Spaß, auf dem Drahtesel zu sitzen! Inzwischen fahre ich lieber als er.
Man muß aber auch die Grenzen und die Belastbarkeit des Ehepartners respektieren. Da wollte ich doch meinem Mann Lust auf die klassische Musik machen. Ausnahmsweise sollte meine Freundin zu Beginn des Abends mit dabeisein. Zusammen mit ihr hatte ich an vielen Tagen ein wunderschönes Stück eingeübt. Sie spielte Klavier, ich Querflöte. Es hatte uns beiden viel Zeit gekostet, bis alles fehlerlos saß.

Wir hatten Kerzen angezündet und uns festlich angezogen. Dann luden wir meinen Mann ein hereinzukommen. Er wurde von mir in unseren besten Sessel gebeten, bevor wir loslegten. Zehn Minuten blieb er auch geduldig sitzen. Ich war schon recht in Siegesstimmung. Aber bei der Pause zum nächsten Satz bedankte er sich höflich und bat darum, sich zurückziehen zu dürfen.

Ich war zutiefst beleidigt. Erst später kam mir zum Bewußtsein, daß das Gehörte überhaupt nicht seinem Stil entsprochen hatte. Außerdem war es kein Eheabend, sondern ein Zusammensein mit einer gemeinsamen Bekannten gewesen.

Eheabende sollen liebevolle Einladungen an den Partner sein, ein Stück von uns kennenzulernen. Aber sie dürfen für den anderen nicht zu Alpträumen werden. Richtig verstanden führen sie uns aufeinander zu, und wir dürfen die Andersartigkeit unseres Ehepartners mit neuen Augen sehen lernen.

Betrifft: Heirat

Die kleine Sonia kommt aufgeregt in die Küche gerannt: „Mami, Mami, ich heirate später einmal den Stephan."
„Es ist ja gut, daß du ihn gerne magst", antwortet die Mutter, „aber leider geht das nicht."
„Aber er ist der einzige Mann, den ich wirklich kenne", meint die Fünfjährige, „warum kann ich ihn dann nicht heiraten?"
„Nun, ganz einfach", versucht die Mutter zu erklären, „weil er eben dein Bruder ist. Und einen Bruder darf man nicht heiraten."
Klein-Sonia seufzt: „Da hat man jemanden ganz arg lieb, und man darf ihn nicht einmal heiraten. Warum darf man denn keinen Bruder heiraten?"

Ja, warum eigentlich nicht? Die Mutter sucht nach einer passenden Antwort für die Fünfjährige. Aber während sie noch überlegt, hat die Kleine selbst eine gefunden. „Ist ja ganz logisch", erklärt sie nun der Mutter wissend, „dann bekäme ich ja keine Schwiegermutter."

Apropos Schwiegermutter: Mit welcher Pflanze würden Sie Ihre Schwiegermutter vergleichen?

Bei unseren Eheseminaren geben wir gelegentlich diese Frage in die Runde. Die bevorzugte Pflanze in dieser Angelegenheit bildet mit Abstand der Kaktus. Da aber Wiederholungen untersagt sind, werden auch andere Gewächsarten genannt wie z.B. Silberdistel, Schlingpflanze, bis hin zur Rose. Dabei wird erklärt: von weitem schön anzusehen, aber man sollte ihr nicht zu nahekommen. Sie sticht. Jemand verglich seine Schwiegermutter aber auch mit einer Lilie. Die größte Pflanze wählte ein Ehemann, der seine

Schwiegermutter mit einer Trauerweide verglich und dazu sagte: Groß, übermächtig, vereinnahmend.

Und nun zum Schluß: Mit welcher Pflanze möchten Sie einmal als Schwiegermutter verglichen werden?

Liebestropfen

Eine Frau schenkte ihrem Mann ein kleines Medizinfläschchen mit folgendem Beipackzettel.

Zusammensetzung:
In 100 g befinden sich als Auszug:
20 g Humor, 12 g Zärtlichkeit, 8 g liebe Worte, 15 g Zuwendung, 12 g Lob, 13 g Umarmungen, 20 g Vergebungsbereitschaft.
(Leichte Schwankungen in der Zusammensetzung sind jahreszeitlich bedingt.)

Eigenschaften:
Die Liebestropfen sind ein rein göttliches Präparat mit angenehmem Geschmack zur Behandlung von Blähungserscheinungen und Verdauungsschwierigkeiten in der Familie. Die Wirkstoffe sind so aufeinander abgestimmt, daß das Präparat sowohl von Säuglingen und Kleinkindern als auch von Erwachsenen unbedenklich eingenommen werden kann.

Liebestropfen wirken
(siehe 1. Kor. 13,4 „Die Liebe bläht sich nicht auf...“):
- entzündungshemmend,
- beruhigend,
- krampflösend.

Anwendungsgebiete:
In Ehe und Familie werden Liebestropfen bei Blähungserscheinungen, Verdauungsstörungen und allen anderen Schwierigkeiten angewandt. Sehr empfehlenswert ist eine ständige Einnahme als Vorbeugung. Dieses Medikament wurde schon vor mehr als 2000 Jahren in einem Buch dringend empfohlen. Anscheinend gab es damals ähnliche

Beschwerden als Auswirkung dieser schon bekannten Krankheit.

Dosierung:
Soweit nicht anders verordnet, nehmen Erwachsene täglich dreimal dreißig Tropfen ein. Kinder brauchen genausoviel, möglicherweise noch mehr. In besonders hartnäckigen Fällen muß über längere Zeit die Medizin mindestens sechsmal täglich eingenommen werden.

Nebenwirkungen und Begleiterscheinungen:
Selbst eine Überdosierung zieht in keinem Fall negative Folgen nach sich. Jedenfalls ist dies nicht bekannt geworden. Liebestropfen sind nach derzeitigem Kenntnisstand unschädlich, auch bei längerfristiger Anwendung!

Das Bonbon auf dem Nachttisch
(Eine Bettgeschichte)

„Die Frau ist ganzheitlich angelegt“, dies ist wohlbekannt. Sie hat auch die Gabe, Dinge ganzheitlich zu erfassen, Stimmungen aufzunehmen, intuitiv zu handeln. Dies ist ein richtiges Geschenk, wenn es zum Erfassen einer Situation helfen kann. Aber auch sehr hinderlich im Bereich der geschlechtlichen Beziehungen mit ihrem Mann. Genau dann fängt es nämlich an, kompliziert zu werden.
„Willst du am Abend deiner Frau nahekommen“, rät ein Eheberater, „mußt du ihr schon morgens einen besonders liebevollen Abschiedskuß geben, bevor du zur Arbeit gehst.“

Ganz schön anstrengend, mögen da einige denken. Manch ein Mann aber begreift jetzt hoffentlich, daß nicht nur seine Ehefrau kompliziert ist, sondern andere Frauen auch.
So herrscht in vielen unserer Schlafzimmer Kühlschrankatmosphäre, falls man nicht inzwischen beschlossen hat, überhaupt getrennt zu schlafen. Es ist einfach lästig, sich einander die Nachtruhe zu vergällen, weil der eine schnarcht, der andere vielleicht auf Zwiebeln verzichten müßte, weil sein Partner ihn sonst während des Essens seufzend an die Folgen in der darauffolgenden Nacht erinnern würde – der Düfte und der Laute wegen.

Es gibt also viele Gründe, den anderen hinzuhalten. Seien es nun Kopfschmerzen, Überforderung oder einfach, daß man sich als Frau nicht zärtlich genug behandelt, sich übergangen oder ähnliches fühlt, oder aber noch vom Streit des letzten Sonntags „zehrt“. Man findet immer einen Grund, wenn man sich dem anderen vorenthalten will.

Eigentlich ist das ja unrechtmäßig. Wir Christen zitieren dabei so gerne die Bibel – aber nur, wenn sie gerade zu unseren Gunsten spricht. Und da sagt der Apostel Paulus doch tatsächlich: „Die Frau verfügt nicht über ihren Leib, sondern der Mann. Ebenso verfügt der Mann nicht über seinen Leib, sondern die Frau“ (1. Korinther 7,4). Beim Heiraten dürfen wir also offensichtlich unseren Kopf behalten, nicht aber unseren Körper. Dieser gehört ab jetzt uns beiden gemeinsam. (Ich möchte erwähnen, daß es auch überforderte Männer gibt, und das schafft noch sehr viel mehr Probleme!)

Die Frau denkt also alles in allem ganzheitlicher als der Mann. So ist es für eine Frau unvorstellbar, ihrem Mann nach einem Streit körperlich nahezukommen. Für den Mann dagegen kann diese Begegnung Versöhnungscharakter haben.

Wir saßen in einer Frauenrunde bei einem Eheseminar zusammen und sprachen über dieses Thema. Eine erfahrene Ehefrau gab uns folgendes zu bedenken: „Wenn nachts eines meiner Kinder schreien würde, nähme ich mir in jedem Fall zehn bis zwanzig Minuten Zeit, um es zu trösten. Um wieviel mehr sollte ich mir diese Zeit für meinen Mann nehmen, wenn er mich in die Arme schließen will."
Aber es kam noch dicker, noch provokativer, möchte ich sagen, für die, die diesen Gedanken kaum ertragen können: „Mein Mann muß nicht immer betteln kommen", belehrte uns eine erfahrene Frau, die schon mehr als vierzig Jahre verheiratet war. „Ich lade ihn einfach immer wieder zu mir ins Bett ein. Als Signal gilt ein Bonbon, das ich ihm auf seinen Nachttisch lege. Dann weiß er: ‚Heute muß ich keinen so großen Anlauf starten. Heute habe ich einen Gutschein. Sie erduldet mich nicht nur. Sie freut sich auf mich. Heute bin ich nicht derjenige, der etwas haben will, sondern ich bekomme etwas geschenkt, ganz freiwillig, ganz ohne meinen Anstoß.'"
Am schönsten wäre es natürlich, würde derjenige einladen, der die Sehnsucht des Partners spürt. Sollen unsere Ehepartner nur von Fremden, die ja viel leichter attraktiv sein können, eingeladen werden?

Wenn wir Frauen wirklich so gut im Fühlen sind, dann laßt uns auch erlernen, die Bedürfnisse unserer Männer zu erfühlen!

Sie denken vielleicht: So etwas tut man nicht mehr im Alter! Als Gott den Menschen erschaffen hatte, sagte er: „Und siehe, es war sehr gut" (1. Mose 1,31). Er nahm nichts von diesem Schöpfungsakt weg als etwas Unreines. Wenn Gott sich nicht geschämt hat, die gute Gabe der Sexualität für unsere Ehe zu erschaffen, so brauchen wir uns nicht zu schämen, sie dankbar als Geschenk anzunehmen und uns daran zu freuen. Z.B. hätte Abraham diese gute Gabe der Begegnung in der Ehe ausgelassen, so wäre Isaak nie geboren worden.
„Und siehe, es war sehr gut", steht auch und gerade über diesem Bereich unserer Zusammengehörigkeit.

Die Kraft des Segnens

Viele Menschen, denen wir mit Rat und Tat zur Seite stehen dürfen, gehen bei uns ein und aus. Manche Beratungen gehen nur über einige Wochen, und Menschen finden die Kraft, ein neues Lebens- und Ehekonzept aufzubauen. Bei anderen dauert es viel länger, bis es zu einer Lösung kommt. Aber es gibt solche Ehepaare, denen nach menschlichem Ermessen nicht zu helfen ist. Da ist zumindest ein Ehepartner festgefahren in seiner Überzeugung, alles richtig zu machen. Und es scheint unmöglich, noch irgend etwas in Bewegung zu bringen.

Wie gut, daß Gottes Arm weiter reicht als unsere menschlichen Fähigkeiten. Vielen betroffenen Ehefrauen rate ich deshalb, ihre Ehemänner zu segnen. Und dies nicht als Zauberformel, sondern, weil wir zum Segnen aufgefordert sind: „Segnet, weil ihr dazu berufen seid, den Segen zu ererben" (1. Petr. 3,9). Jesus selbst sagt uns in der Bergpredigt, daß wir sogar unsere Feinde segnen sollen (Matthäus 5,44). Der Segen Gottes ist ein wunderbares Geheimnis. Er verändert sowohl den Segnenden als auch denjenigen, der gesegnet wird.

Wie schnell wird heute ein Fluch ausgesprochen, sobald Menschen sich über etwas ärgern. Und es gibt Menschen, die einen anderen ganz bewußt verfluchen, um ihm Schaden zuzufügen. Wenn diese Flüche schon solche Kraft besitzen können, wieviel mehr kann der Segen bewirken, hinter dem Gott selbst steht!

Eine Frau hatte mir ihr Leid geklagt. Sie war wirklich in einer schwierigen Situation. Ihr Mann, der es ursprünglich gut mit ihr gemeint hatte, veränderte sich durch eine Krankheit sehr. Er kümmerte sich kaum noch um sie und die Kinder. Das tat ihr sehr weh. Je mehr sie ihn aber wissen ließ, wie sehr sie das schmerzte, um so mehr zog er sich zurück.

Was sollte ich dieser Frau anderes raten, als ihren Mann täglich zu segnen und Gott zu bitten, an ihm zu wirken? Sie berichtete mir später: „Je mehr ich meinen Mann segnete, um so mehr zeigte Gott mir meine eigenen Fehler. Und noch etwas geschah: Ich konnte ihm viel besser vergeben, was er uns allen antat“.

Einige Zeit später klingelte schon am frühen Morgen das Telefon. „Heute ist etwas Wunderbares passiert“, ließ mich jene Frau wissen, „mein Mann stand vor uns allen auf und schnitt für die ganze Familie das Brot.“

Ich möchte Ihnen Mut machen, Gott zu vertrauen, daß er Ihre Lage verändern kann. Fangen Sie an, für Ihren Ehepartner zu beten und ihn zu segnen!

Überflüssig?

Voller Sehnsucht erwarteten wir den Lohnsteuerjahresausgleich. Früher hatten wir es so gehalten, daß wir ihn zur Aufbesserung des Kontostandes benutzten. Immer war er darin sang- und klanglos untergegangen. Und dieses Mal sollte es nicht so sein. Wir wollten uns irgendeine Freude damit bereiten. Obwohl wir noch nicht wußten, wieviel es sein würde, saßen wir oft abends beieinander und berieten, was wir damit machen könnten. Vielleicht eine kleine Reise zu zweit unternehmen? Oder einen guten Fotoapparat kaufen? Ein neuer Schreibtisch wäre auch nicht schlecht, da der alte auf recht wackeligen Füßen stand. Da waren viele Dinge, an denen wir Freude gehabt hätten.

Endlich kam der herbeigesehnte Betrag an. Und es war weit mehr, als wir erhofft hatten. Da kam mir eine hervorragende Idee! Dieses Geld würde ausreichen, um meinem Mann einen lang gehegten Wunsch zu erfüllen. Zwar war es ein – vom menschlichen Gesichtspunkt aus gesehen – höchst überflüssiger Wunsch, aber er saß ganz tief im Herzen meines Mannes. Er war nämlich ein leidenschaftlicher Autofahrer. Und je größer ein Auto war, um so mehr reizte es ihn, es zu fahren. Dabei ist ein normaler Führerschein auf ein Fahrzeug bis zu 7,5 Tonnen begrenzt. Und er hätte am liebsten einen richtig schweren Laster gefahren! Nun hatte er bis jetzt weder geschäftlich noch privat ein solches Fahrzeug gebraucht. Mit ziemlicher Sicherheit würde sich daran auch nichts ändern. Aber warum es ihm nicht gönnen?
Ich konnte es kaum abwarten, bis mein Mann nach Hause kam und ich ihm diesen Vorschlag unterbreiten konnte. Schon an der Tür stürzte ich mich ihm entgegen. „Du“, sagte ich ganz aufgeregt, „das Geld vom Finanzamt ist da! Und ich weiß auch schon, was wir damit anfangen werden: Du wirst den Lastwagenführerschein machen.“

Mein Mann brauchte eine Weile, bis er verstand, wovon ich überhaupt redete. Dann fing er an, abzuwehren: „Das wäre ja etwas, was für mich ganz allein ist! Und außerdem noch überflüssig! Ich brauch‘ so etwas doch nicht. Nein, das kommt gar nicht in Frage.“ Ich merkte jedoch die Bewegung in seiner Stimme, als er hinzufügte: „Das ist ja ganz lieb von dir, daß du an so etwas gedacht hast!“

Mein Mann fing mit den Fahrstunden an. Gelegentlich begleitete ich ihn bei seinem Unterricht. Ich entdeckte ihn neu, wenn er voller Begeisterung in einem riesigen Lastwagen durch die Stadt kurvte, einparkte oder rückwärts um die Ecke fuhr. Wie ich ihm diese Freude gönnte! Sie bereicherte uns beide und gab unserer Ehe eine ganz neue Dimension der Zuneigung. Heute weiß ich, daß es nichts gibt, was überflüssig wäre, wenn es dem Partner Freude bereitet. Die Freude, die wir geben, kehrt auch ins eigene Herz.

In diesem Zusammenhang denke ich an die Hochzeitsfeier in Kana. Jesus war mit seinen Jüngern dort eingeladen. Der Wein ging aus. Und genau dort ereignete sich das erste Wunder, eigentlich sollte man denken, ein höchst überflüssiges Wunder. Buchstäblich über-flüssig. Denn Jesus verwandelte Wasser zu Wein, und dazu noch zum besten Wein!

Dieses Wunder sollte uns nicht dazu motivieren, ab jetzt mehr Wein zu trinken oder gar den Alkoholismus zu fördern. Es sagt ganz einfach etwas davon aus, daß Jesus uns Gutes gönnt, auch wenn es nicht unbedingt notwendig ist. Diese Großzügigkeit, die er uns gönnt, sollten wir als Maßstab auch an unseren Ehepartner anlegen.

Das Luxusbad

Afrika! Inbegriff für Hitze, Urwald und viel Unangenehmes. Nun, wir versuchten aus dieser Situation das Beste zu machen. Mit einem ausgeklügelten System leiteten wir vom Dach unseres Hauses sämtliches Regenwasser direkt in einen großen Zuber. Auf diese Weise hatten wir also mitten in Afrika den Komfort einer Badewanne.
Nach einem anstrengenden Tag entdeckte mein Mann, daß die Füllung unserer Luxusbadewanne reichte, um sich nicht nur mit Wasser zu benetzen, sondern um ein wirkliches Bad zu nehmen. Voller Genugtuung gönnte er sich dieses Vergnügen.

Ich war gerade in das Arzneimittelzimmer gegangen, als ich eine dieser vielen schrecklichen Schlangen, die es in Afrika gibt, sich unter der Tür durchschlängeln sah. Sie zielte genau auf das Verbandsmaterial zu, das am Boden gelagert war.
Ich hatte große Angst vor Schlangen. Bis jetzt war es mir auch immer gelungen, jemanden zu finden, der entweder die Schlange vertrieb oder sie totschlug. Momentan aber war niemand im Haus, der mir zu Hilfe eilen konnte, außer meinem Mann. Ich schrie also so laut, wie meine Stimme es zuließ, nach ihm. Aber es rührte sich absolut nichts.
Wenn die Schlange das Verbandsmaterial erreichen würde, wäre es gänzlich unmöglich, sie zu fassen. Also mußte ich handeln. Ich faßte mir ein Herz, nahm das nächstbeste Instrument, das ich erreichen konnte, und schlug auf das Tier ein.

Während ich seinen toten Körper am Boden liegen sah, klopfte mein Herz vor Aufregung ganz wild. Von meinem Mann, dem furchtlosen Missionar, fehlte indes noch jede Spur. Verwundert ging ich auf die Suche nach ihm und fand ihn seelenvergnügt in der Badewanne sitzen.
Nun ja, ich hatte es schließlich auch alleine geschafft!

Schmunzelnd mußte ich darüber nachdenken, was Walter Trobisch einmal über die Bedürfnisse des Mannes gesagt hatte: „Was braucht ein Mann? Lob – Essen – Ruhe."
Dieses Mal jedenfalls hatte er zwar nicht seine Ruhe gehabt, aber er hatte sie sich genommen.

Die Geschirrspülmaschine

Endlich sollte ich sie wiedersehen! Vor vielen Jahren hatten wir miteinander eine Krankenschwesternausbildung abgeschlossen. Inzwischen waren wir beide schon lange verheiratet. Sie hatte zwei, ich drei Kinder.
Die lange Fahrt war beschwerlich, aber die Freude um so größer, als wir einander in die Arme schlossen. Wir tauschten Erinnerungen aus, die Kinder spielten miteinander, und wir aßen ein herrliches Mittagessen. Aber statt des leidigen Abwasches danach stellten wir alles in die Spülmaschine und tranken Kaffee.

Diese Spülmaschine hatte es mir angetan! Auf der Heimfahrt konnte ich an nichts anderes denken. Ja, wenn ich eine Spülmaschine hätte, dann wäre auch in meinem Haushalt manches besser zu bewältigen!

Wir kamen zu Hause an, und das erste, womit ich meinen Mann überfiel, war meine Begeisterung über die Spülmaschine. „Wir brauchen unbedingt eine!" war meine Folgerung. „Es würde eine enorme Arbeitserleichterung für mich bedeuten", fügte ich hinzu.

Mein Mann ist ein sehr vorsichtiger Mensch. Er will keinen Kredit aufnehmen, sondern das Gekaufte bar bezahlen können. Schulden kommen für ihn überhaupt nicht in Frage. Deshalb war auch seine erste Antwort: „Das ist nicht unmöglich, aber wir wollen uns erst einmal mit den Kosten vertraut machen." Noch am selben Abend wälzten wir verschiedene Großversandkataloge, um uns zu informieren. Doch wollten wir die Maschine, falls es überhaupt so weit käme, in unserem Ort kaufen. In all diesen Fragen waren wir uns einig.

Je mehr wir uns diese Maschinen betrachteten, um so mehr sank meine Hoffnung. Auch die billigsten Ausgaben waren für unsere Finanzen nicht tragbar. Eigentlich hätte ich meine Idee begraben müssen. „Tut mir leid", äußerte mein Mann sich schließlich, „aber dies wird nicht so schnell zu erfüllen sein."

Ich war wütend. Viele andere Leute kauften auch mit Kredit! Die Geschirrspülmaschine würde mir Arbeit abnehmen, und mein Mann war nicht bereit, von seinen Grundsätzen zu weichen, obwohl er mir damit hätte entscheidend helfen können! Nun gut, wenn er nicht einverstanden war, ich hatte schließlich noch einen Stärkeren auf meiner Seite, dachte ich, und meinte damit Gott, den wir beide kannten.

Zu meinem Mann gewandt sagte ich trotzig: „Ich werde einfach darum beten." Ironisch erwiderte er: „Da bin ich aber gespannt, wie Gott antworten wird. Vielleicht läßt er dir einen Tausender vom Himmel regnen!"

Das Gespräch über die Spülmaschine war endgültig abgeschlossen, und jeder von uns hing mit trüben Gedanken seinen verletzten Gefühlen nach. Als ich vor dem Einschlafen die ganze Angelegenheit vor Gott brachte, schämte ich mich, wie ich auf solch böse Weise versucht hatte, meinen Wunsch durchzusetzen. Ich wurde an den Text aus Epheser 5 erinnert, in dem es heißt, daß die Frau sich dem Mann unterordnen soll. Das meint ja nun wirklich nicht, daß sie ihm Gedanken, Gefühle und Wünsche nicht mitteilen darf, ja sogar soll. Sondern er sagt aus, daß sie die Argumente ihres Mannes stehen läßt. Dieses Kapitel hatte ich vor einiger Zeit gelesen und mir vorgenommen, endlich einmal in die Tat umzusetzen, was darin stand. Nun entdeckte ich, daß die Umsetzung dieses Wortes wesentlich schwerer war, als ich es mir vorgestellt hatte.

Ich erklärte Gott meinen Bankrott und bat ihn, mir dabei zu helfen, das schwere Kapitel zu lernen, meinem Mann diesen ersten Platz bei Entscheidungen einzuräumen.
Die Tage vergingen. Die Geschirrspülmaschine wurde nicht mehr erwähnt, und ich lebte auch ohne sie weiter.

Aber Gott hatte nicht nur zu mir gesprochen, sondern auch zu meinem Mann. Kaum zwei Wochen später, las mein Mann einen Text aus Jesaja 55: „Kaufet, die ihr nicht habt, und nehmt's umsonst." Dieser Text steht in einem ganz bestimmten Zusammenhang, und sicher gilt er nicht für jede Situation unseres Lebens. Aber in diesem Fall sprach Gott auf deutliche Weise zu meinem Mann: „Dieser Satz gilt dir! Er betrifft die Spülmaschine deiner Frau."

Diese Botschaft war so klar, daß mein Mann sie nicht überhören konnte. Er beschloß, trotzdem noch eine Nacht darüber zu schlafen, bevor er mir dies mitteilte.
„Ich gehe heute ins Geschäft, um die Maschine zu bestellen", informierte er mich am nächsten Morgen. Ich konnte kaum darauf reagieren, so erstaunt war ich. Dann berichtete er mir von seinem plötzlichen Sinneswandel.

Die Geschirrspülmaschine kam, wurde montiert und fröhlich von mir in Gebrauch genommen.

Nach mehr als zwei Wochen war immer noch keine Rechnung dafür ins Haus gekommen. „Heute werde ich ins Geschäft gehen, um über die Bezahlung zu sprechen", ließ mein Mann mich wissen. „Wahrscheinlich hat der Verkäufer gedacht, daß wir die Rechnung bei ihm begleichen würden."

„Ich wollte wegen der Bezahlung der Spülmaschine mit Ihnen sprechen", sagte mein Mann zu dem Geschäftsmann, der gerade im Laden war. „Wieso?" antwortete dieser erstaunt. „Sie ist doch schon vor mehr als einer Woche bezahlt worden." Nun war mein Mann derjenige, der erstaunt war. Er fragte: „Von wem? Ich war doch seitdem nicht mehr im Laden." „Warten Sie einen Moment, ich werde meine Tochter holen. Sie hat den Scheck entgegengenommen", sagte der Geschäftsmann und verschwand. Nachdem sie meinen Mann begrüßt hatte, erklärte sie folgendes: „Letzte Woche kamen zwei jüngere Leute ins Geschäft. Vielleicht war es ein Ehepaar. Sie fragten mich, ob Familie ... bei uns eine Spülmaschine gekauft hätte. Ich bejahte. Sie baten um die Rechnung und bezahlten mit Scheck. Diese Menschen habe ich noch nie bei uns im Ort gesehen." „Darf ich den Scheck sehen?" bat mein Mann. „Ich hab ihn schon längst eingelöst, er war in Ordnung", sagte sie lachend. „Es ist nicht wegen des Schecks, sondern ich hätte so gerne den Namen der Personen gewußt. Wissen Sie, wie sie hießen?" fragte mein Mann. Die junge Frau schüttelte den Kopf: „Das interessiert mich auch nicht. Für mich ist nur wichtig, daß der Scheck gültig war. Aber wissen Sie es denn nicht?" wollte sie von meinem Mann wissen. Mein Mann verneinte. „So etwas habe ich noch nie gehört!" sagte sie kopfschüttelnd, „da bekommt jemand eine Spülmaschine bezahlt und weiß nicht einmal, von wem!"

Nachdenklich kam mein Mann nach Hause. „Ist etwas passiert?" fragte ich ihn erschrocken. „Ja", antwortete er fröhlich, „Gott hat mir eine Lektion erteilt." „Und wie?" wollte ich wissen. „Im Epheserbrief Kapitel 5 steht: ‚Ihr Männer, liebet eure Frauen!' Stell dir vor, gleich dreimal steht es dort! Vorher meinte ich, es müßte immer nach meiner Vorstellung gehen. Aber ich hoffe, daß ich jetzt ein wenig begriffen habe, was Gott mit Liebe meint. Gott hat auf wunderbare Weise meinen Gehorsam belohnt: indem ich auf ihn hörte, kaufte ich diese Maschine. Nun hast du deine Spülmaschine, und ich brauchte nicht einmal etwas dafür zu bezahlen."

Während ich meinem Mann zuhörte, wußte ich in meinem Herzen, daß die Geschirrspülmaschine und deren Bezahlung nur ein kleines Wunder war, verglichen mit dem, was Gott uns beide gelehrt hatte.

Sooft ich die Maschine ansehe, erinnert sie mich daran, daß Gott meinem Partner viel mehr vermitteln kann, als ich mir mit meinen Vorstellungen ertrotzen könnte. Ich werde meinem Mann weiterhin meine Wünsche mitteilen. Aber dann will ich getrost auf Gottes Stunde warten. Denn wenn Gott das Haupt meines Mannes ist, gibt es zwei Möglichkeiten zur Beantwortung meiner Gebete und Wünsche: Entweder gehen sie in Erfüllung – und das ist wunderbar –, oder sie treffen nicht ein, und dann lehrt mich Gott eine weit wichtigere Lektion: nämlich Geduld.

In der Theorie weiß ich inzwischen bestens Bescheid. Was die Praxis anbetrifft, so ist es nicht ganz einfach, alles immer dem Herrn zu überlassen. Ein wenig möchte ich immer noch mitmischen. Wie gut, daß Gott geduldig mit mir ist!

Schlußwort

Seit mehr als 20 Jahren sind wir in der Beratung tätig. Ich habe wenig Menschen kennengelernt, die mit ihrem Ehepartner zufrieden waren – und noch weniger, die sich als glücklich verheiratet bezeichneten. Die Enttäuschung über ihre Partnerschaft betraf immer beide.
In meinem ganzen Leben habe ich auch noch nie jemanden getroffen, der nicht gerne noch glücklicher gewesen wäre. Ebenso fand ich keinen, der sich nicht über mehr Zärtlichkeit gefreut hätte. Dieser Wunsch ist offensichtlich in uns allen.

Wir sind alle voll von der Erwartung des Empfangens – und bleiben mit leeren Händen zurück. Deshalb muß ein Umdenkprozeß in uns beginnen, bevor sich etwas verändern kann. Unsere Erwartungen müssen sich verändern. Unsere Augen müssen einen anderen Blickwinkel bekommen: Nicht, „was erwarte ich?“, darf gelten, sondern, „was möchte mir der andere mitteilen?“

Ich möchte das am Brief einer Frau verdeutlichen: „Zum 27. Hochzeitstag schenkte mir mein Mann 27 leuchtend rote Rosen. Aber ohne ein Wort der Anerkennung, der Liebe oder Zärtlichkeit. Ich war zunächst entsetzlich enttäuscht. Dann setzte der Umdenkprozeß ein. Ich las in den Rosen die darin verpackte Botschaft und konnte mich von Herzen bei ihm bedanken. Warum werden in unserer Gesellschaft heute tausend Dinge gelernt, ohne die einfachsten Grundregeln der Verschiedenartigkeit zwischen Mann und Frau zu kennen? Ich brauchte all die vielen Jahre dazu, und fast wäre meine Ehe gescheitert, nur weil ich meinte, mein Mann müßte meine Gedanken eigentlich kennen. Ich sah sein Anderssein oft als vorsätzliche Verletzung meiner Gefühle an!“

Eine andere Frau schrieb mir: „Das Miteinanderschlafen ist mir schrecklich. Es gibt so viele Gräben zwischen uns, die mich verletzt haben, so viele Auseinandersetzungen, so viel Traurigkeit. Und Sie raten mir, mich wieder zu öffnen? Zunächst war ich wütend auf Sie. Ich meinte: ‚Das habe ich nicht nötig!' Ich bin schließlich im Recht. Und außerdem kann ich nicht. Aber dann beschloß ich, es doch zu probieren. Im Gebet ließ ich mich in die Arme Gottes fallen, um innerlich heil zu werden. Und da merkte ich, wie ich es schaffte, mich danach auch in die Arme meines Mannes zu begeben. Dies ist jetzt mein Rezept geworden: Ich berge mich in Gottes Armen, bevor ich in meines Mannes Arme gehe. Es ist eigenartig, aber etwas zwischen uns beginnt zu heilen."

Bei einem unserer Seminare fragten wir die Teilnehmer, was sie für Erwartungen mitbrächten. Unter vielen verschiedenen Antworten war auch folgender Wunsch: „daß sich mein Ehepartner endlich verändert."

Wenn dies auch Ihr Wunsch ist, dann hören Sie auf, darauf zu warten. Fangen Sie an zu handeln! Indem Sie sich verändern, wird eine Veränderung in Ihrer Beziehung eintreten. Bitten Sie Gott darum, daß er Sie durchlässig und sensibel für die Wünsche Ihres Ehepartners macht. Und beginnen Sie zu geben. Lassen Sie dem grauen Alltag nicht die Chance, Ihre Ehe – und ihre Familie – zu zerstören. Treten Sie aus dem Alltag, indem Sie Schönes planen und durchführen. Setzen Sie „goldene Tupfer" mit kleinen Geschenken, Blumen (nicht nur für die Frau, sondern auch für den Mann), Komplimenten, Aussagen von Dankbarkeit. Oder überraschen Sie den anderen damit, daß Sie seine Arbeit für ihn erledigt haben.

Martin Buber sagte einmal: „Jeder Mensch auf dieser Welt ist auf der Suche nach einem Menschen, der ihm das Ja des Menschseins zuspricht."

Wir wünschen uns, daß Sie der Mensch werden, der seinem Ehepartner und seinen Kindern dieses Ja vermitteln kann.

Hans-Joachim und Ruth Heil

Lieber Leser,
wenn durch die Lektüre dieses Buches in Ihnen persönliche oder seelsorgliche Fragen aufgekommen sind, so wenden Sie sich mit diesen bitte an einen Seelsorger Ihres Vertrauens. Gerne dürfen Sie sich auch an die

Family Life Mission, Postfach 1965, 7640 Kehl

wenden, die von Walter und Ingrid Trobisch gegründet wurde. Erfahrene Seelsorger werden Ihnen antworten. Ihre Anfragen werden selbstverständlich vertraulich behandelt.

Gary Smalley

Entdecke deinen Mann!
13,5 × 20,5 cm, 178 Seiten

ISBN 3-87827-061-5

Eine erfüllte Ehe ist kein Produkt des Zufalls! Sie basiert auf Prinzipien, die für das Entstehen und Bestehen einer herzlichen und liebevollen Beziehung unerläßlich sind. Denn die emotionalen und psychologischen Unterschiede zwischen Mann und Frau können zu einem unüberwindlichen Hindernis für eine dauerhafte erfüllte Beziehung werden, wenn man sie ignoriert oder mißversteht.
Wie kann eine Ehefrau ihrem Mann ihr tiefes Bedürfnis nach Liebe, Bestätigung, Sicherheit bewußt machen, ohne sich dabei selbstsüchtig vorzukommen?
In seinem Buch gibt der Autor Gary Smalley, selbst Ehemann und Vater von drei Kindern, der Frau Anregungen, wie sie ihrem Mann helfen kann, die Liebe zu ihr zu vertiefen und ihr bester Freund zu werden. Sein Wunsch und Bemühen ist es, daß die Frau das Wesen ihres Mannes verstehen lernt. Dieses Buch »Entdecke deinen Mann!« ist eine Hilfe für Eheleute, die gemeinsam an der Verbesserung ihrer Ehe arbeiten möchten.

Gary Smalley

Entdecke deine Frau!
13,5 x 20,5 cm, 169 Seiten

ISBN 3-87827-065-8

»Entdecke Deine Frau« ist ein Buch, das sich an die Ehemänner richtet, die aufrichtig wünschen, eine erfüllte Ehe zu führen, die aber nicht wissen, welche Schritte sie dazu unternehmen können.

Es gibt eine Anzahl von »Wie man . . . Büchern«: wie man ein erfolgreicher Geschäftsmann wird, wie man reich wird, wie man sich kleiden muß, um Erfolg zu haben . . . Das Wichtigste »Wie man . . . Buch« wurde noch nicht geschrieben: nämlich, wie man ein guter Ehemann wird.
»Entdecke deine Frau« ist ein Buch, in dem der Autor den Ehemann auf zehn Schritte hinweist, die ihm erlauben werden, seine Ehe zu festigen. Gary Smalley erläutert die materiellen und emotionalen Bedürfnisse und Erwartungen der Frau und veranschaulicht dem Ehemann, wie er diese Erwartungen erfüllen kann.
Jedoch sollten beide Partner bereit sein, zusammenzuarbeiten. Es wird deshalb empfohlen, dieses Buch im Zusammenhang mit dem entsprechenden Buch für Ehefrauen »Entdecke deinen Mann!« zu lesen.

Roger und Donna Vann

Das Ehe(garten)buch
13,5 x 20,5 cm, 220 Seiten

Wie kann ein Ehegarten, der verwildert ist, wieder in einen schönen Garten verwandelt werden? Wie kann in einer Ehe eine fruchtbare Beziehung wiederhergestellt werden und die Liebe wachsen, statt in ihrem Wachstum durch Unkraut behindert zu werden?
Donna und Roger Vann zeigen, daß beide Partner an sich und ihrer Beziehung arbeiten müssen, damit die Liebe gedeihen und Früchte tragen kann.
Der Ehegarten muß gepflegt, umgegraben, bewässert und gedüngt werden. Der Eheboden muß mit wachstumsfördernden Stoffen wie Zuwendung zu Gott, Unterstützung, Verbindlichkeit und Vergebung genährt werden. Ein guter »Ehedünger« ist ein »Ausflug zu zweit«, der dazu beiträgt, daß die Kommunikation nicht zum Stillstand kommt.
Dieses Handbuch ist das Ergebnis einer persönlichen Erfahrung mit solchen Ausflügen. Es eignet sich gut für Ehepaare zur Vertiefung ihrer Beziehungen sowie zum Studium in einem Ehepaarkreis.